明日の私の
見つけ方

長月天音

ハルキ文庫

角川春樹事務所

目次

第一話　私の運命の人

待ちにまった配属式当日。

今日こそ憧《あこが》れの先輩社員、天間雅基《てんままさもと》さんに会えると思うと、期待で胸が高鳴った。

手を伸ばし、スマートフォンのアラームを解除する。

カーテンの隙間《すきま》からは、まぶしい光が溢《あふ》れ出していて、知らず口元が緩んだ。

晴れた朝は、それだけで気分まで明るくなる。逆に雨の日は大嫌いで、湿った薄暗い朝は、ずっと布団にもぐっていたい。

だから、今日はきっといい一日になる。

私は布団から飛び起きた。

今日から私は新しい場所で生きていく！

およそひと月前に大学を卒業した私が就職したのは、都内で飲食店を運営する小規模な会社だった。株式会社オオルリ亭《てい》、ロゴマークは鮮やかな青い羽だ。

一週間前、銀座の本店で行われた入社式は、私にとって拍子抜けするものだった。

銀座といっても京橋に近い外れのほうで、本店といっても一階と二階が店舗、三階が本社という小さなビル。レトロといえば聞こえはいいが、単に古めかしいビルだ。

私の憧れの天間雅基さんは、この会社の支店で支配人を務めている。てっきり入社式にも天間さんが出席していると思い込み、ようやく会えると期待に胸を膨らませていた。

しかし、会場にいたのは九名の同期のほか、海外出張中の社長の息子である副社長と、採用試験でさんざんお世話になった人事総務部の面々だけだった。

いくら入社式が営業時間前の早朝からとはいえ、先輩社員にはそれぞれの店舗での仕事がある。そうと分かっても、私の落胆は大きかった。

なにせ、天間雅基さんを一目見てこの会社を志望し、一緒に働きたい一心で内定を勝ち取ったのだから。

昨年の夏に内定をもらってから、どれだけ早く会いたいと待ち焦がれたことだろう。

それを思えば、入社式から配属式まで、たかが一週間楽しみが延びただけだ。

そう自分に言い聞かせて、新入社員研修に打ち込むことにした。

自分の気持ちを無理やり納得させることは得意だ。

そう、およそ一年前の事故以来は特に。

いよいよ配属式が始まった。

入社式と同じ、銀座本店ビル二階の洋食オオルリ亭。

営業時間前なので、メインホールのテーブルは壁に寄せられ、真ん中に並べられた椅子《いす》に私たち十名の新入社員が座っている。正面には、副社長と人事総務部の面々。

ここまでは一週間前と同じだ。

違うのは、後ろに新入社員が配属される店舗の支配人たちが並んでいることだった。

そのせいか、進行役を務める人事総務部の千早《ちはや》部長の声にも熱が入っている。

配属式が始まる前、私はチラリと後ろを確認した。

株式会社オオルリ亭は、洋食店六店舗と、喫茶室一店舗を運営している。けれど、出席している支配人は六名。どこかの店には新入社員の配属がないということだ。

その六名の中に、写真でしか見たことのない天間雅基さんの姿を認め、私は心の中で快《かい》哉《さい》を叫んだ。

天間さんのお店に配属されますように！

膝《ひざ》の上でぎゅっと手のひらを握りしめる。

天間雅基、洋食オオルリ亭渋谷店支配人（勤続二十二年）

天間支配人の存在を知ったのは、就職活動中にお世話になった就職情報サイトの企業情報ページだ。それまで探していた事務系の職種から、急きょ接客業に進路変更した私が、初めて興味を持った会社がオオルリ亭だった。

ざざっと事業内容を流し読みした私は、すぐに先輩社員紹介のページを開いた。

そこに天間支配人がいた。

写真を見て、掲載されたコメントを読み、ああ、この人に会いたいと思った。

あの時の私は人恋しくてたまらなかった。しかしそうでなくても、天間支配人の笑顔は、私の心を惹《ひ》きつけるには十分だった。

清潔感のある髪型や襟元、目元に寄った無数の笑いじわ。なんて優しそうな顔なんだろう。勤続二十二年とは、ほぼ私の生きてきたのと同じ年数をオオルリ亭で働いていることになる。そして、この笑顔だ。いったいどんな日々を積み重ねれば、こんな優しい笑みを浮かべることができるのか。

もちろん、他《ほか》にも紹介されている先輩社員はいたが、私は天間支配人しか目に入ってこなかった。もうここしかない。そう思って、すぐにエントリーボタンをクリックした。

あの時の熱い気持ちを思い出すと、我ながら恥ずかしくなる。

エントリーした後に、つい高揚感を抑えきれずに「よっしゃ！」と叫び、目の前の薄い壁を反対側から盛大にドドンと叩《たた》かれた。いつもは腹立たしく思うそれが、この時だけはよくやった！　と讃《たた》えてくれているように感じた。

今、その天間支配人と同じ空間にいる。

なぜか天間支配人の店に配属される確信がある。緊張しながら私はその時を待っている。長すぎる前置きがようやく終わり、いよいよ配属先の発表となった。

私は固唾《かたず》をのんで千早部長の口元を見つめた。

新入社員の名字があいうえお順に呼ばれ、配属先が告げられていく。名字の順番に座っているのだから、次第に緊張も高まっていく。もう少し、もう少しだ。

「霜鳥夕子《しもとりゆうこ》」

いよいよ名前が呼ばれた。

はいっと大きく返事をして立ち上がる。緊張も度を越え、口の中がカラカラに乾いていた。まだ渋谷店の配属は発表されていない。

どうか、どうか、私を天間支配人と働かせてください。

そう願いながら、面接の時から何度も見てきた千早部長の顔を凝視した。千早部長も私を見つめ、にらみ合うような形になった。その時、千早部長の口元が少し緩んだように感じたのは気のせいか？

「渋谷店の客席係を命じる」

思わずぽかんと口が開いた。

すぐに喜びが湧《わ》いてきて、思わず「ありがとうございます！」と頭を下げた。どっと会場に笑いが起こる。恥ずかしくなって「すみません！」ともう一度頭を下げた。熱くなった顔を上げて千早部長を見る。笑いを必死にこらえるような顔で促され、私は慌てて振り向いた。

そうだった。新入社員はここで背後に座る配属先の支配人と、お互いの姿を確認し合うのだ。振り返ると、天間支配人は片手を上げて微笑《ほほえ》んでいた。

たいていの新入社員は、自分の配属先の支配人の顔など分からない。だからこそ、このやりとりが必要なのだが、私には無用だった。

嬉《うれ》しさのあまり、席についても足の震えが止まらなかった。

お父さん、お母さん、ありがとう！

私は心の中で叫んでいた。

その後は、興奮が抑えきれないまま、式の進行に身を任せた。

頭に浮かぶのは、昨年七月に受けた、入社試験の面接だった。

「霜鳥夕子さん、どうぞ」

名前を呼ばれ、緊張しながら本店ビル三階の狭い会議室に入った。書類選考と集団面接を終え、一人で受ける初めての面接だった。

『夕子、相手の言うことよく聞いて、ちゃんと返事をするのよ。話す時はハキハキと。分かった？』

耳元で声が聞こえた気がした。子供の頃《ころ》から、母は何をするにも口を出してきた。そのたびに、よく知りもしないくせにと心の底にさざ波が立つような憤りを感じた。

ひとつ息を吐いて顔を上げると、会議机の向こうに年配の男性が一人で座っていた。あまりにも貫禄《かんろく》ある姿に、まさかもう社長のお出ましかと、さらに緊張が高まった。それが、人事総務部の千早部長だった。

千早部長は、自分の役職を名乗るとニヤリと笑った。

「今日の面接と次の役員面接で採用が決まります。と言っても、役員面接はほとんど顔合わせのようなものだから、この面接にすべてがかかっていると言ってもいい。今日はじっくりと霜鳥さんのお話を聞かせてください」

派手なネクタイを締め、少し柄の悪そうな風貌《ふうぼう》の部長に命運が握られているかと思うと、一度は緩んだ緊張が再び高まった。

天間雅基さんと働きたい一心で心を奮い立たせてきた私も、ここにきて生来の気の弱さが頭をもたげそうになる。着席を促されたが、足が震えて膝が曲がらなかった。

「……緊張していますか？」

「とてもしています」

「座れますか」

「立っていてもいいでしょうか」

一瞬、目を見張った千早部長は、次に疑うように目を細めた。

目立つためのパフォーマンスだと思われたのではないかと、私の頬《ほお》に血が上る。

無理にでも座るべきかと思ったが、ますます足が震えてしまった。

「いいでしょう。我々の仕事は常に立ち仕事です。もっとも店舗に出れば、お客様を見下ろす姿勢には気を付けなくてはいけませんが」

ふっと口元を緩めた部長に、私は「はい、すみません！」と頭を下げた。

自分でも驚くほどの大きな声にますます頬が熱くなる。緊張のために声量のコントロールができなかったのだ。

「元気はいいようですね。そんなに緊張しなくても、面接なんてもう何度も受けて慣れたんじゃないですか？　もう七月だ。これまでに内定をもらった会社は？」

「内定はありません。面接も御社が初めてです」

「初めて？」

千早部長は驚いたように手元の書類に目を落とした。

そこには、エントリーシートのほか、筆記試験の結果や、集団面接での私の評価が事細かに記されているに違いない。

集団面接では、とにかく明るく、元気にふるまった。積極的な大学生だという印象は、十分に与えたつもりだった。

「これまでエントリーしてきた企業は、どういう所か教えてください」

私は正直に答えた。

飲食業はおろか、サービス業は一つもない。企業というよりも、何とか基金とか、NPO法人とか、それに近い組織ばかりだった。事務職志望でも、さすがに公務員は諦《あきら》め、必死に探した結果だ。

顔を上げた千早部長は、組んだ両手の上に顎《あご》をのせ、じっと私を見つめた。探るような視線に思わず背筋が伸びる。

「接客業、それも飲食系はウチが初めてかい？　どうして急に考えを変えたの？」

千早部長の口調が変わっていた。

用意してきたはずの答えが思い出せず、背中を冷たい汗が流れた。

千早部長は、じっと私を見つめたまま口を開いた。

「飲食業ってのは、誰《だれ》もが飛びつく仕事じゃない。これまで何百人も面接をしてきたが、たいていは家業が飲食店だったり、バイトで接客の楽しさを感じたり、何かしら経験したことのある奴《やつ》ばかりだった。拘束時間が長いくせに給料はたいしてよくもないしな。それを分かった上で、この仕事がいいっていう奴が内定をもらい、その後も残っていく」

私は千早部長の目をじっと見つめて頷《うなず》いた。

　言葉の意味はよく分かったし、覚悟が必要だと言われているのも理解できた。

「この数か月の間に、考えを変えるようなことでもあったのか？　それとも、採用人数の多い飲食業界のほうが、内定を取りやすいとでも思ったのか？」

　内定獲得に必死になる学生も相手にしてきたのだろう。厳しい言葉に怯《ひる》みそうになり、ひとつ息を吸う。肺の中に空気をためる。

『思ったこと、何でも言いなさい。家に帰って後悔しても遅いのよ』

　慎重すぎて、後になって悔しがる私に母はよく言った。『バカねぇ』と。

　ゆっくり息を吐くと、少しだけ心の中の圧力が下がった気がした。

「ありました。とても大きなことがあって、行き詰っている時に御社を見つけたんです」

「大きなこと？」

「はい。でも、天間さんのコメントを読んで、ここだって思えたんです。やっと探していたものを見つけた気がして、すぐにエントリーしました。迷いもなく、その場で」

「天間？　社員紹介のページか。しかし、それじゃあ、さっぱり分からねぇな。ちゃんと説明してみろ」

　千早部長は、腕を組んで椅子に背を預けた。興味を持ったのか、口元に笑みを浮かべている。

　どうにでもなれと思ったのは、千早部長がすっかり砕けた態度になっていたからだ。

「私の実家は温泉旅館です。子供の頃からお客さんをもてなす両親を見て育ちました。だから先ほどおっしゃった、飲食業の楽しみも大変さもよく分かっているつもりです」

生意気なというように、千早部長の眉《まゆ》がわずかに動いた。

でも、私は怯まなかった。

「志望しなかったのは、それがよく分かっていたからです。実家は新潟《にいがた》の山奥です。せっかく東京に出たのだから、全然違う仕事に就くつもりでした。でも、情けないことに事務仕事くらいしか思いつきませんでした。万が一嫌になったら、それこそ飲食業か、実家に戻ればいいと思ったんです」

「おいおい。長く続けられるようにって事務仕事を志望するものじゃないのか。飲食業を結婚までの腰掛けにしたいと言う奴は何人もいたが、逆は初めてのパターンだな」

黙り込んだ私に、千早部長は次の疑問をぶつけてきた。

「実家に戻ればいいなんて甘えだな。それに、面接すらする前に事務志望から宗旨変えしたのはどうしてだ？」

「だから、天間さんなんです」

千早部長は眉をよせて首をひねった。

「天間さんのコメントに『僕の実家は秋田の温泉旅館です』とありました。人をもてなすことを身近に感じて育ったからこそ、レストランの仕事を選んだのではないかと思ったたんです。私も同じです。自分のバックボーンはそう簡単に変えられませんから」

「ますます分からねぇよ」

「二か月前、両親が亡くなったんです」

首の後ろをボリボリと掻《か》いていた千早部長の手が止まった。

「就職活動どころか、この先のことなんてどうでもよくなりました。自分が存在する意味も分からなくなって、消えてしまいたかった。でも、そんな度胸もありませんでした。結局、私は生きていくしかない。そのためには就職活動を続けるしかないんです。両親はもういない。そう思ったら、急に両親のことを意識するようになりました」

「それで、バックボーンか」

「今の私は、両親が与えてくれた日々の積み重ねでできています。私のそばには、いつもお客さんのために働く両親の姿がありました。もし、私がこのまま東京で事務職にでも就いたら、大切なバックボーンが失われてしまいそうな気がしたんです。だから、天間さんを見つけた時、ああ、きっとこれだって思ったんです」

「そんな話にほだされるほど、俺《おれ》は甘くねぇぞ」

「同情を誘おうなんて思っていません。私は天間さんと働きたい。ただそれだけなんです」

東京で生きていく。

　そうと決めたくせに、私の心はまだ頼りない。一人では心細い。だから、目指そうとする道をすでに歩んでいる人のやり方に導かれたい。

「覚悟はありそうだな」

「あります」

　いつの間にか緊張が解けていた。千早部長の「まぁ、座れや」の声に、今度は素直にストンと座ることができた。

「その年で両親を失ったことには同情する。大変だったな」

　ふいをつく言葉に涙ぐみそうになる。しかし、ぐっとこらえた。

「私だって、まだ信じられません」

「ご両親がやっていた旅館はどうしたんだ」

「父の弟が引き継ぎました。私にも弟がいますが、今は東京の大学に通っているので」

「なら、帰る家はあるじゃねえか」

「気持ちの問題です。たとえ叔父でも、両親とは違います。けじめは必要です」

　答えながら、少し胸が痛んだ。

「覚悟はよく伝わったよ。ただし、万が一採用されたからといって、天間と同じ店に配属されるとは限らない。ウチには洋食店だけでも六店舗あるからな。ちなみに、天間は今どこにいるか分かるか？」

「渋谷店です」

即答すると、部長はぶはっと笑った。

「新入社員の配属は、採用を一任されている俺の権限だ。楽しみだなぁ」

つい、採用されるのでは、と期待を抱く。

しかし、そんなにうまくいくはずはなかった。

千早部長は、「今日はここまでだ。お疲れさん」と書類をそろえ始めたので、膨らんだ期待は一気にしぼんだ。

「合否の連絡はまた後日な。うまくいけば、役員面接でまた会うことになる」

退室する私に、千早部長は軽く手を振った。

エレベーターを下りると、小柄な蝶《ちょう》ネクタイの店員さんに「お疲れ様」と声をかけられた。リクルートスーツの私を見て、すぐに就活生だと気づいたのだろう。

「ありがとうございます」と頭を下げ、声の主をさりげなく観察した。

かなり高齢のおじいさんだった。まだ働いているなんて大変だなと思いつつ、逆にその年齢でも働ける会社なのだと少し安堵《あんど》した。

緊張から解放されたためか、初めて受けた面接のことを誰かに話したくてたまらなくなった。

出来は決していいとは言えないが、とにかく聞いてほしい。しかし、いざとなると電話をかける相手がいない。

こんな時、母がいたら。

ふいに胸の奥がきゅっと締め付けられて立ち止まる。

母の声が聞きたい。初めての面接の報告をして、頑張ったね、と言ってもらいたい。

顔を上げると、視界の先に東京駅八重洲《やえす》口のグランルーフの白い屋根が見えた。

新幹線改札を入れば、長い線路が故郷の町まで繋《つな》がっている。

しかし、もうその先に両親は待っていてくれない。

寂しかった。こんなにたくさんの人が行きかっているというのに、心から会いたい人はどこにもいない。

大声で叫びたくなり、唇をかみしめた。駅に入り、改札内のケーキショップでチーズケーキを買う。これくらいのご褒美《ほうび》は許されるはずだと自分に言い聞かせた。

その夜のうちに、役員面接の日程を知らせる連絡があった。

翌週、再び本店ビルの会議室に行くと、千早部長の横に副社長が座っていた。それ以外は誰もいない。役員面接というから、もっと大掛かりなものかと思ったので一気に力が抜けた。

千早部長は、副社長に朗らかに言った。

「ちょっと骨のある学生なんです。明るくて、ハキハキして、いわゆる、どこにでもいる面接慣れした学生かと思ったら、ずっと奥深い。採用するのも面白いと思うんですがねぇ」

その後はほとんど談笑するだけだった。

副社長は、社長の海外出張が長いことをただすまなそうにしていて、あっけなく面接は終わった。前回の面接にすべてがかかっているという、千早部長の言葉は事実だったと納得した。

翌日になって、採用を知らせる連絡があった。

ほっと力が抜けたのは、内定がもらえたことよりも、これで居場所が見つかったという安心感によるものだった。

それからおよそ八か月。私はこうして天間さんのいる会社に無事に入社し、まさにこれから同じ店で働こうとしている。

どこか夢見心地でいるうちに、午前八時半から始まった配属式が終わった。

私たちは再び順番に名前を呼ばれ、真新しい制服を支給された。

この後、新入社員は、それぞれの所属長に引き渡され、勤務地へと旅立つのだ。

研修で親しくなった同期ともお別れだと思うと、急に心細くなって、私たちはお互いに視線を交わし合った。ドナドナの歌さながら、まさに売れられていく仔牛《こうし》の心境である。

本店ビルのすぐ近くには、有楽町線銀座一丁目駅への階段が口を開けている。

まずは豊洲《とよす》店と池袋店の支配人が、三人の同期を連れて階段を下りる。

三人は何度も振り返って、残された私たちに手を振った。

次に新宿店、東京駅店へ向かう者たちが、それぞれ丸ノ内線の銀座駅と八重洲方面へ向かい、私と天間支配人だけが残された。

渋谷店に配属されたのは私一人だった。それがいっそう心細い。

「僕たちは銀座線です。三越の横から地下に下りましょう」

緊張した私を気遣うように、天間支配人はにこりと笑った。それから私の住まいを訊《たず》ね、今後の通勤経路もアドバイスしてくれた。

「希望通りに配属されて嬉しいですか」

地下鉄に乗るなり、天間支配人が訊ねた。

「知っていたんですか」

「千早さんが教えてくれました。でも、不思議です。千早さんが希望通りに決めるなんて、まずありませんから」

「そうなんですか？」

配属先を決めるにあたり、希望があれば最大限取り入れるのが、新入社員にとっても、人事部にとっても、角が立たず、容易なのではないかと考えていたのだ。

「社会に出れば、ガラリと環境が変わります。特に僕たちの仕事は夜中までの長時間拘束。メンタルをやられる新入社員も少なくありません。千早さんの人を見る目は確かです。面接や研修で新入社員の性格を把握し、相性のよい上司や職場と組み合わせるわけです」

それを知らない新入社員は、人事部長は意地が悪いと腹を立てるらしい。

そうこっそりと打ち明けた天間支配人は、ふふっと笑った。

「つまり千早部長は、支配人と私がうまくいくと？」

天間支配人は口元に笑いを浮かべたまま首をかしげた。

「どうでしょう。ただ、あなたを他の店に配属したら、ずっと恨まれそうで怖かったと笑っていました。そんなに渋谷店がいいと言い張ったんですか？」

「……そうです」

千早部長との面接を思い出し、頬が熱くなる。

「どうしてですか」

「天間支配人と働きたいと言ったんです」

「渋谷店ではなく、僕ですか？」

ますます恥ずかしくなって、顔が上げられなかった。

「採用情報で、天間支配人を見ました」

「ああ、あれですか」

今度は天間支配人が照れたのか、視線を宙にさまよわせた。

「実は五年以上も同じものを使っているんです。写真も今よりずいぶん若い……」

「笑顔が素敵でした。コメントを読んで、これだって」

「自分で言うのも恥ずかしいですが、『お客様の笑顔を見ることが、僕の幸せでもあると実感する日々です』の部分ですか？」

「もっと前です。こう、インパクトのある……」

「まさか、『田舎《いなか》の温泉旅館の次男坊』ですか？」

私は大きく頷いた。

何度も読んだので、すっかり暗記してしまっている。

『僕の実家は秋田の温泉旅館です。幼い頃から両親がお客様におもてなしする姿を見て育ちました。その時にはもう、誰かを笑顔にする仕事をしたいと考えていたのだと思います。

兄が家業を継いだため、僕は憧れていた東京で、都会的なサービスの仕事に就きたいと思いました。田舎の温泉旅館の次男坊が、都会で何ができるのか試してみたいという気持ちがあったのだと思います。

しかし、オオルリ亭でサービスを続けているうちに、スタイルは違っても、おもてなしの精神は何ら変わらないということを実感しました。どうしたらお客様に満足していただけるのか、それを日々考え続けることに、やりがいや面白さを感じています。お客様の笑顔を見ることが、僕の幸せでもあると実感する日々です』

天間支配人は恥ずかしそうにうつむいた。

求人情報とはいえ、会社紹介のサイトに顔写真入りでコメントを載せられるなんて、社内的に認められた人物だということだ。支配人にとっても誇るべきことなのに、しきりに照れる慎《つつ》ましさに、ますます私の心は惹きつけられた。

「千早部長から、他にも私のことを聞いていますか？」

「いいえ。渋谷店を熱烈に希望していた、ということだけです」

「実は、私も新潟の温泉旅館で育ちました」

おやと言うように、天間支配人が私を見つめた。

「山沿いの小さな町です。そのためか、昔から東京に憧れがありました。両親を説得して東京の大学に進んだんです。でも、いざ就職となると、こちらで生まれ育ったライバルに気後れしてしまって……」

「分かりますよ。流行の最先端を行くレストランや高級店、オシャレなお店。僕はどこにも行ったことがありませんでした」

「そうなんです。だから、天間支配人のコメントを読んだ時、希望を持ったんです。私でも頑張れるのではないかって。商売というのは、目の前のお客さんを喜ばせることだって、小さい頃からよく知っていましたから」

少し嘘《うそ》をついた。でも、正直に話して、同情されたがっていると思われるのも嫌だ。憧れの天間支配人には、やる気のある新入社員だと思われたい。

「その気持ちがあれば十分です」

天間支配人が微笑んだ。癖なのか目が細くなり、無数の笑いじわが寄る。何とも優しげな表情だ。

「いずれ、ご実家に戻るのですか」

「戻るつもりはありません。弟がいるのですが、やっぱり東京の大学に通っていて、帰る気はないようです。困っちゃいますよね」

軽く笑ってみた。

天間支配人は、気の毒そうに眉を寄せた。兄に実家を任せて東京に出てきた支配人にとっても、決して他人事《ひとごと》ではない問題なのだろう。

「でも、いつか気が変わるかもしれません。今のあなたは新しい環境に慣れることが最優先ですが、いつでも立ち止まって考えられるということも忘れないでください。たとえそんな時がきても、ここでのあなたの経験は、様々な形で活《い》かせるはずですから」

支配人は、新入社員にプレッシャーを与えまいとしてくれているのだろうか。

面接の時に千早部長が言っていた、飲食業界の厳しい現状を思い出して、少し心配になってくる。

「飲食業界は離職率の高い職場です。仕事がきつくて辞める人もいますが、最初から修業のつもりで入ってくる人も多い。色々な店を転々としている人もいます。新入社員のあなたに伝えたいのは、ここだけしかないと思い込まないことです。そう思うと、とたんに苦しくなります」

真剣な支配人の口調に、次第に「あれ？」と思い始める。

「働きながら、ゆっくりと考えてみてください。そもそも、ついこの前まで学生だった新入社員が、これまで生きてきたよりもずっと長い今後のことを、簡単に決められるわけがないのですから」

「支配人、それ、配属されたばかりの新入社員に言うべき言葉とは思えないのですが」

思わず口にすると、支配人は苦笑しながらそっと人差し指を口元に寄せた。

「千早さんには内緒ですよ。僕はね、こう見えて不良社員なんです」

私は吹き出してしまった。

「ところで霜鳥さん、ご実家以外で接客の経験はありますか」

「大学時代は、ファミレスでアルバイトをしていました」

「ホールですか？」

「いえ、キッチンです。父が旅館の板前だったので、なんとなく」

「では、レストランでのお客様とのやりとりは初めてになりますね。もっとも、これからはプロにならなくてはいけませんから、先入観は捨てて、一から学ぶものと思ってください」

「頑張ります！」

元気に返事をしてやる気をアピールした。そもそも新入社員の唯一の武器は素直さだと、就職活動中に何冊も読んだマニュアル本にあった。

「さぁ、ここからは歩きますよ」

渋谷駅を出ると、天間支配人は繁華街の中の緩やかな坂道をさっそうと歩いていく。

私は人ごみをかき分けながら、時々背伸びをして、姿勢のよい後ろ姿を見失わないように必死に追いかけた。とにかく歩くのが速い。

次第に行きかう人が減り、いつしか周りは住宅地になっていた。

住宅地といっても、私のアパートがある亀戸《かめいど》の街並みとは比べ物にならない、見るからに豪邸が立ち並んでいる。物珍しくてキョロキョロしているうちに、さらに支配人との距離が開いていた。

二つ目の角を曲がると、何度も会社案内で目にした洋食オオルリ亭渋谷店が見えた。

スタイリッシュな豪邸が立ち並ぶなか、一軒だけ忘れ去られたようなレトロな佇《たたず》まい。

洋館を改築した渋谷店は、他の支店が商業施設に入っているのに対し、銀座の本店を除けば唯一の路面店である。

その門前で、天間支配人が私を待っていてくれた。

「もうすぐ開店時間なので、つい急いでしまいました。どうせなら、開店前にスタッフに霜鳥さんを紹介したかったので。大丈夫でした？　疲れたでしょう」

「いえ、まったく」

私は息を切らせながら、笑ってみせる。

「こちらには、もともと社長のおじいさんがお住まいだったそうです。ですから当社にとっても銀座の本店とは別に、大切な旗艦《きかん》店的なお店でもあります」

支配人は愛《いと》しいものを見つめるように、目の前の洋館を眺めていた。

「ここは他の支店と違って、駅に隣接しているわけでも、商業施設に入っているわけでもありません。お客様は近隣にお住まいの方が中心です」

私は顔を上げ、ぐるりと周囲を見渡した。

豪邸を囲む高い塀、ガレージにチラリと見える高級な外車、明らかにセキュリティばっちりの門扉。〝近隣にお住まいの方〟に怖《お》じけづきそうになる。

「メニューは他のオオルリ亭とまったく同じですから、ご心配なく。フレンチやイタリアンのコース料理に疲れてしまったお客様が、ほっと息をついて、一皿の洋食で満たされる、そんな場所がここなのです。つまり当社の味は、高級フレンチやイタリアンに慣れたお客様にもご満足いただいているということです」

天間支配人は門をくぐり、石畳のアプローチを進むと、私をエスコートするように金色の取っ手の付いた扉を開けた。

いよいよ、渋谷店に足を踏み入れる。そう思うと、期待で鼓動が速くなった。

自分の職場というよりも、テーマパークのお城に足を踏み入れる時の興奮と言っても間違いはない。

「ただいま戻りました。新入社員さんを連れてきましたよ」

支配人が呼びかけると、すぐにあちこちから「お帰りなさい」「おはようございます、支配人」と声が上がり、制服姿のスタッフが顔を出す。

私は目がくらんだようにぼんやりと立ち尽くした。

扉の向こうは大理石のような白い床で、上にはシャンデリアふうの豪奢《ごうしゃ》な照明が吊《つ》るされていた。まばゆい光が磨きこまれた床に反射し、まさにキラキラと輝いている。

「霜鳥夕子さん、今日から僕たちの仲間です」

支配人に紹介され、慌てて頭を下げる。まだ目の前がチカチカしていた。

「霜鳥夕子です。よろしくお願いします」

ガチガチに緊張している私を励ますように、支配人は店内をぐるりと腕で示した。

「どうです。いいお店でしょう」

ゆっくりと店内を見まわした。

ソファの置かれたエントランスの左手はバーカウンターだった。

右手がメインのホールで、ロビーよりも数段低い造りになっている。つまり、ここに立てばホール全体を見渡せる。

真っ白なクロスを掛けられたテーブルは十二卓。ホールがロビーよりも下にある分天井が高く感じられ、外観からは想像もつかない開放感にため息が漏れた。

「もともとが住居ですから、そう広いお店ではありません。奥には個室が二つあります。会食の予約が主ですが、メインホールが満席になれば、フリーのお客様をご案内することもあります」

私にとっては十分広い。テーブルがお客様で埋まった情景を想像しただけでめまいがした。

「スタッフを紹介しましょう。渋谷店の社員は、客席は霜鳥さんを含めて四名、調理場も四名です。規模が小さいので、他店に比べて社員は少ないですが、その分、パートさんやアルバイトさんに支えられています」

渋谷店に新入社員が配属されるのは久しぶりだったらしく、先輩社員もパートさんもベテランばかりだった。夕方になれば大学生のバイトも加わるらしいが、今は年上の先輩たちが私を興味深そうに見つめていて、どこか居心地が悪い。

「伊崎《いざき》君、僕は今日一日、霜鳥さんの教育をしますから、営業のほうはよろしくお願いします」

支配人の言葉に、伊崎主任が「かしこまりました」と頷いた。勤続十年の大先輩だ。

「では、霜鳥さんはこちらへ」

支配人は私を個室へと連れていく。好奇の視線が背中に突き刺さる。それは決して好意的なものではない。新入社員など初めから歓迎されていないことはよく分かっている。店にとって、足手まといが増えるだけなのだ。

後ろから「いらっしゃいませ」と声がして、空気が一瞬で変わった気がした。

開店と同時にさっそくお客様が来店したのだ。私は、店が動き始めたように感じた。

個室に入ると、天間支配人が示した椅子に座った。

四卓あるテーブルは、すべて部屋の中央に寄せてある。

「予約状況に応じてテーブルのレイアウトは変わります。昨夜は八名様のお食事会があったので、そのままです。ちなみに、今日はこの部屋を使う予定はありません」

クロスが掛けられていなかったのはそういうことか。天間支配人はちょっとした会話にもさりげなく説明を加えてくれる。

「暖炉、ですか？」

私の目は正面の壁で止まった。本物の暖炉を見たのは初めてだ。

「今ではすっかり装飾品です。冬の暖房はこちらですから」

支配人は天井に埋め込まれたエアコンを指さした。

それでも、私は初めて見た暖炉に感動していた。あれがマントルピースかと、普段は使うことのない語彙《ごい》を胸の中で転がしてはしゃいでしまう。

突然、すっとメニューが差し出された。

反射的に受け取り、驚いて支配人を見た。

「そろそろお腹《なか》が空《す》いたでしょう。配属式は朝早かったですからね」

「そうですけど……」

「これからあなたがお客様に召し上がっていただく、当店のメニューです。今だけはお客様の気持ちになって選んでください。これも、大切な勉強ですから」

好きなものを食べていいということだろうか。嬉しいはずなのに、戸惑ってしまう。

「これも勉強ですか……」

「あなたは今後、食という文化で、お客様とも私たちとも繋がるんです。食べることは人間にとって欠かすことのできない当たり前のこと。だったら、少しでも豊かにその時間を過ごしていただくのが、僕たちの務めであり、願いです」

「……企業理念にそうありました」

支配人は頷いた。

「だから僕たちも自分たちの食をないがしろにしません。ここの賄いは美味《おい》しいですよ。調理場の社員が交代で作ってくれるんです。とにかく今日は初日です。お店のことを知ってもらうには、何よりもお客様の体験をすることが一番ですから」

話を聞いているうちに、なにやら食事が限りなく尊いものに思えてきた。

上質の紙に金色で箔押《はくお》しされた店名がまぶしい。並んだメニューの文字には、下に英語表記もあり、実用的かつ見た目もスタイリッシュだ。

それを眺めていると、自分がとてつもなく場違いな場所にいる気がしてきた。

田舎育ちというだけではなく、仕送りで慎ましい大学生活を送った私は、テーブルマナーなどまったく知らない。今になってこの会社を受けた度胸に我ながら驚く。

大半の同期の志望動機は、「親に連れられて、子供の時からよくオオルリ亭で食事をしたから」というものだった。千早部長も、よく私の採用を決意したものだ。

「一番人気があるのは、どのお料理ですか？」

おずおずと視線を上げた。

「海老《えび》グラタンです」

再びメニューに目を落として海老グラタンを探す。

「海老グラタンにこだわらず、一番食べたいお料理を選んでください。人気メニューはおのずと触れる機会が多くなります。もっとも、あなたが無類の海老グラタン好きならば、仕方ありませんが……」

変わらぬ穏やかな表情で天間支配人が微笑む。

私は迷った。ここは敢《あ》えて海老グラタンを食べるべきか。

もう一度メニューを上から眺め、ようやく私は決断を下す。

「オムライスをお願いします」

声が震えた。二千円以上もするオムライスなんて私には恐れ多い。

しかしここで働くからには、この価格帯がスタンダードになるはずだ。

自分の価値観が覆りそうで怖かった。それでも、スーパーに行けば特売品に飛びつくという確信もあって、少しだけ気持ちが楽になる。

「かしこまりました」

支配人は注文を通すために個室を出ていった。

ふっと緊張がゆるみ、火照った頬を冷まそうと手のひらであおぐ。しかし、思いのほか早くに支配人が戻ってきて、慌てて姿勢を正した。

ほどなくしてオムライスを運んでくれたのは、入社四年目の当麻《とうま》さんだった。

音も立てずに皿を置き、支配人にはコーヒーを出すと、一礼して部屋を出ていく。

流れるような動きについ見とれた。私もあのように動くことができるだろうか。

「どうぞ」

支配人の声に我に返り、目の前のオムライスに視線を落とした。

なめらかな表面だ。どこにも焼きあとなどなく、ただ均一に鮮やかな黄色だった。それがお皿の上でふるふると震えている。スプーンでつついたら、すぐに破れてトロトロの中身が流れ出る予感があった。卵に隠されたライスは見えず、ご対面するのは白いバターライスなのか、赤いチキンライスなのかと期待が高まる。黄色く輝く卵を取り囲むように流されたデミグラスソースの香りに、ごくりと唾《つば》を飲み込んだ。

「こんなにきれいなオムライス、見たことないです……」

なぜオムライスと決めたのか、この時、私は瞬時に悟った。

オムライスは、我が家では特別なメニューだった。

旅館を営む実家では、ことに繁忙期になると、家族でゆっくり食卓を囲むことなどほとんどなかった。大鍋《おおなべ》で作った煮物や汁物を、仲居さんや他の従業員とガヤガヤと忙《せわ》しなく食べるのが毎回の食事だったのだ。

家族だけで食卓を囲む機会があると、私も弟も普段はめったにお目にかかれない洋食をねだった。特にオムライスは、洋食の中でも別格だった。板前でもある父と違って母は料理が苦手で、家族四人分のオムライスを作るのは大仕事だったからだ。

だからこそ、私も弟も簡単には「オムライスが食べたい」と口にできなかった。

母の機嫌、旅館の予約や仲居さんの勤務状況、子供ながらにそういうものを考慮して、ようやくねだることができるメニューだったのだ。

しかし、母が一生懸命作ってくれたオムライスは上出来とはいえなかった。ケチャップ味のライスに入っていたのは鶏肉《とりにく》ではなくシーチキンで、みじん切りとは思えないタマネギもやけに存在感があった。その上にかぶさっていたのは薄焼き卵だ。父は意見も文句も言わず、そこにたっぷりケチャップをかけてくれた。ようやくそれらしくなったオムライスに、私も弟も両手を上げて大喜びをした。

驚くほどの速さでペロリとたいらげた弟の「おかわり」の声にみんなで大爆笑し、母が自分の分を分けてやる。その時、羨《うらや》ましいと思ったことまで鮮明に思い出す。

目の前のオムライスは、記憶の中のものとはまったく違う。

スプーンでつつくと、案の定、とろりと半熟の卵が周りのデミグラスソースの中にこぼれ落ちた。ふわりとバターが香り、卵の中からはごろりと大きなチキンの入った赤いライスがのぞく。スプーンですくって口に入れると、甘いバターの風味の後から甘酸っぱいトマトソースの味がした。

胸が詰まった。美味しいのに苦しくて、喉《のど》の奥で膨れ上がった何かが破裂しそうになる。

「どうしました。緊張しているんですか」

顔を上げると、天間支配人と目が合った。どうやらずっと見られていたらしい。

「すみません。観察は仕事上、癖のようになっていまして」

苦笑した支配人の言わんとすることがすぐに分かった。

『よかったわ。あのお客さん、喜んでくれているみたい』

母も常にお客さんを気にしていた。

お客さんの表情は正直だ。不満そうな顔をしていたら、その原因を探して、笑顔にしなくてはいけない。

このオムライスは私にとって衝撃だった。

両親との記憶を思い出しただけではない。デミグラスソースに溶け込んだスパイスや調味料のように、色々な思考が私の中でせめぎ合っている。

母のオムライスであれだけ喜んだ自分に、先ほど目にした豪邸で暮らすような人々を満足させる仕事が果たしてできるのか。

相手を喜ばせたいという思いは、レストランも旅館も、子供のためにオムライスを作った母でさえ、根本的には変わらないと思う。しかし、相手の期待や要求度がまったく違う。

だからこそ自信がなくなった。

それに、このオムライスがどんなに美味しくても、私には母のオムライスと優劣をつけることなどできない。自分の価値観に自信がなくなり、本当に素晴らしいお料理を理解できるのかも不安になってきた。

何よりも家族でこのオムライスを食べたかったと思った。

これを見たら、母はどれだけ驚くだろうか。父も、弟も感動するだろう。

けれどオムライスどころか、もうそんな機会はありえない。

唐突に瞼《まぶた》がジンと熱くなった。泣きそうだ。

私は目元に力を込め、素早くもう一口、オムライスを頬張った。鼻の奥に流れた涙とバターの風味が混じって、悲しい味がした。せっかくのオムライスに申し訳ないと思いながら、ゆっくりと飲み込んで顔を上げる。

「……あまりの美味しさに、胸がいっぱいになりました」

あたかも感動したというように大げさに言うと、何度かまばたきをした支配人は、しばらくしてからにこりと笑った。

「当店のお料理が口にあったようですね。ならば、あなたも自信をもってお客様におすすめすることができます」

「はい！」

新入社員らしく元気に返事をして、再びオムライスの皿に向かった。

つやつやとしたデミグラスソースは照明を映して輝くようだ。それを見ながら、私は思った。いつか、弟の颯馬《そうま》にもこのオムライスを食べさせてあげたい。両親との思い出を共有する弟に。

きれいに食べ終えた私を見て、支配人が言う。

「僕は美味しいものを食べると、すぐにまた食べたくなります。でも、少し我慢をするんです。もう一度食べるために、もっと頑張ろうと自分を奮い立たせる。要は貧乏性なのでしょう」

「私はずっと単純です。美味しかったから、ヨシ、頑張ろうって」

「では、この後も頑張れそうですね。お皿を片付けたら、講義を始めましょう」

支配人の言葉に、私は笑顔で頷いた。

食べ終えたお皿は自分で下げた。天間支配人に続いて調理場のデシャップカウンターの前を横切り、さらに奥へと進む。

デシャップとはディッシュアップのことで、調理された料理が出てくる場所だ。

ファミレスでのバイトの時に耳で覚えた言葉だったが、新入社員研修でようやく意味が分かった。

渋谷店は半オープンキッチンのような造りで、デシャップカウンターはホールからもよく見える。それより奥は壁で仕切られていて、下げた皿を置くカウンターや洗い場になっていた。

調理場のスタッフに「ご馳走様《ちそうさま》でした」と頭を下げると、牧田《まきた》料理長が白い歯を見せて頷いた。体が大きくて怖そうだと思ったが、人のよさそうな笑顔にほっとする。

料理長は覚えたが、一様に白いコックコートを着て、帽子をかぶった調理場スタッフの名前を覚えるだけでも苦労しそうだ。

調理場を出ると、制服に着替えるように言われ、二階に案内された。

いくつかある部屋は、男女の更衣室と物置に使われているらしい。

与えられたばかりの制服の袋を開く。白いシャツに黒のベストとパンツ。黒いロングエプロンの紐《ひも》を腰に巻き付け、きゅっと強く結ぶと背筋が伸びる思いがした。

ただひとつガッカリしたのは、入っていたのが先輩たちのようなネクタイではなく、蝶ネクタイだったことだ。これではアルバイトと同じだった。

「店舗に配属されたとはいえ、六月末までは研修期間です。七月一日に社員の証《あかし》であるネクタイが結べるよう、頑張っていきましょう」

支配人の言葉に、私はしぶしぶ頷いた。

それからはひたすら天間支配人の講義だった。

同じ会社のお店でも、支店によってそれぞれ違ったハウスルールがある。

天間支配人の説明は、研修で教えられた会社全体のルールより、どこまでも細やかなものだった。それはルールというよりも、長く営業している間に自然とそうなった決まり事や、お客様に合わせて生まれた独自の工夫まで多岐にわたった。

例えば、雨の日は昼間でも照明を一段階明るくする、ご案内時、ロビーからメインホールまでの段差では、高齢のお客様には足元を示しながら一緒に下りるなど、些細《ささい》なものばかりだが、話のあちこちから、渋谷店に二十年もいるという天間支配人の店に対する愛情も感じられて、聞いていてくすぐったくなるほどだった。

そうかと思えば、制服のクリーニングの出し方から、賄いの時のルールまで、天間支配人の説明は行き届いている。

話の途中で、突然、当麻さんが駆け込んできた。

「支配人、アルバイトの木元《きもと》君から電話があって、授業が長引いて、今夜は休ませてほしいと言っているんですが、どうしますか？」

慌てた様子の当麻さんとは対照的に、支配人は眉一筋動かさずに答えた。

「仕方ありません。僕が出るので大丈夫です。代わりに出勤できる日があったら、連絡するよう伝えてください」

「分かりました！」

当麻さんが勢いよくドアを閉めて戻っていくと、支配人は「騒々しいですね」と苦笑した。アルバイトの急な欠勤など珍しくないのかもしれないが、支配人にはまったく揺らぎがない。

「焦ったり、声を荒らげたりすること、あるんですか？」

「もちろんありますよ。でも、しません。そうしないのが支配人だと思っていますし、そうしなくてすむように日々、目を行き届かせているつもりです」

支配人は微笑んだ。

それからはテーブルの番号や、お客様のご案内の方法など、実践的な説明が延々と夜まで続いた。

その夜は特に混雑することもなかったようで、支配人は休みになったアルバイトの代わりに呼ばれることもなく、個室で私への説明を続けることができた。

「あとは、実際にやりながら覚えていくしかありません」

ようやく解放された時には午後九時を過ぎていた。

初日からこんな時間まで残されるとは思っていなかった。そろそろ帰っていいと言われるかもしれないと、淡い期待を抱く。

「では、霜鳥さん。この後は閉店の作業を一緒にやってみましょう」

がっくりと力が抜けた。しかし、そうと気づかれないよう、「はい！」と頷いた。

すっかり落ち着いたメインホールには、食後のコーヒーをゆったりと味わう中年のご夫婦がいるだけだった。

静かな空間に反して、調理場の奥では什器《じゅうき》類でも洗っているのか、洗浄機が絶え間なくごうごうと唸《うな》っている。

バーカウンターでは当麻さんがグラスを洗っていて、玄関横のレジには伊崎主任の姿があった。すでに着々と閉店に向けて作業を進めている様子だ。

「霜鳥さんは当麻君とカウンターを片付けてください。一人よりも二人のほうが早く終わります」

おずおずとカウンターに入ると、黙々とグラスを洗っていた当麻さんは少し横にどいてシンクの前を開けてくれた。

「支配人の話、長かったな。あの人、びっくりするくらい丁寧だからな」

気さくに話しかけられ、一気に気持ちが和らいだ。

「長かったですが、分かりやすくて、優しい人柄まで伝わってきました」

「すげえ。俺なんて、いつまで話が続くんだろうって、ソワソワして仕方なかったのに。俺も新入社員の時から渋谷店なんだ」

当麻さんは私にグラスを持たせると、自分は違うグラスを手に取った。

「グラス類は、全部カウンターに下げて手洗いする。繊細だから洗うのも気を遣う。スポンジも二層になっているのは使わない。硬いスポンジだと傷がつくんだ。柔らかいスポンジで、洗剤をよく泡立てて、あっ、力を込めても割れるから気を付けて。口が触れる部分と、柄の部分は脂分が残りやすいから特に念入りに」

私が洗う様子を心配そうに見守っていた当麻さんは、流し終えたグラスを逆さにして水を切った後、白いナフキンの上に伏せて置いた。

「グラスひとつ洗うだけで、こんなに緊張するなんて……」

「そう、緊張するんだ。俺もつい力を入れすぎて、手の中でパリンなんて何度もあったよ。でもさ、繊細なほうが大切に扱うだろ？　量販店で売っているグラスは、分厚くて頑丈だけど、やぼったいもんな」

当麻さんはグラスの柄を持って、天井の照明にかざして見せる。

「ガラスの薄さとか、光が当たった時のきらめきとか、柄の細さが最高なんだよ。こういうグラスで飲むワインだからこそ、お客様にも価値があるものと思ってもらえる」

考えもしない言葉だった。

「……洗いづらくて大変だとは思わないんですか？」

「そりゃ、思ったよ。最初はそればっかり。俺、ずっとバーカウンターから出してもらえなかったんだ。毎日毎日、グラス洗い。何でこんなに面倒なグラスを使っているんだろうって、いろんな不満をこいつらにぶつけていた。だけど、ある時気づいたんだ。俺が三か月も洗い続けるくらい、ワインにとって、いや、ここで食事をするお客様にとって、グラスは大切なものなんだって。ホントにつまらないことだけどさ、決して手を抜いていい仕事じゃないって思えたから、俺はちょっと成長できた気がする」

次のグラスを手に取り、丹念にスポンジの泡をこすりつける。

今まで生きてきて、これほど丁寧に洗い物をしたことなどあっただろうか。グラスひとつを洗い終えるよりも、風呂《ふろ》で自分の体を洗うほうがよほど早い気がした。

「やっていけそうか？」

「今の、グラスの話で不安になりました」

当麻さんは少し笑った。

「店に来たとたん、先輩やお客様を見て不安になるのは当然のことさ。支配人の説明を聞いても、自分にそんなことができるだろうかって、思っただろ？」

「……思いました」

天間支配人の説明よりも、数年前に同じ経験をした当麻さんの言葉のほうがすんなりと心に入ってくる。

「俺から言えることは、謙虚に、でも図太くなること。負けるもんかって思えるかどうかで、その先の未来も、先輩たちの見方も変わってくる」

当麻さんは照れたように笑った。そのまま視線をレジに向ける。いつの間にか天間支配人も伊崎主任の横でレジ締めを手伝っていた。

「俺、一日でこの時間が一番好きなんだよね。仕事が終わって、みんなリラックスした顔をしていて、今日のお客さんの話題で盛り上がったりする。俺たちってさ、毎日同じ賄いを食べて、朝から夜中まで一緒にいて、本物の家族よりも家族みたいだって思うこともある」

「本物の家族」

思わず繰り返した。

確かに夕方の賄いを一緒に食べたおかげで、少し先輩たちと打ち解けることができた気がする。当麻さんとこうして話ができるのも、その時に隣に座ったせいもあるだろう。食事は人との距離を縮めてくれる。

「不安はたくさんありますけど、支配人も先輩たちも優しくて安心しました」

「どうかな。それは、今後の霜鳥さん次第かもしれないよ?」

え、と思わず私は訊《き》き返した。

「俺、最初は伊崎主任が怖くて仕方なかった。とにかく厳しくて、いじめかって思ったこともある」

私はレジの伊崎主任に目をやった。いかにもスマートなサービスが似合いそうな、落ち着いた先輩だ。しかし、その落ち着きが冷たく感じられないこともない。

その時のことを思い出したのか、当麻さんはグラスを洗う手を休めて、天井に視線を向けた。

「結局は、俺がどんくさかったのが原因。もともと頭は悪いし、物覚えもよくない。その自覚があって焦っている時に冷たくされたら、俺でも傷つくよ」

「それで、どうしたんですか」

「天間支配人が朝礼で言ってくれたんだ。俺たちの敵は、同じ場所で働く仲間ではなく、お客様だって」

「お客様が敵？」

「うん。敵だけれど、大切にしなければならない絶対的な存在でもあるって。つまり、つまらないことに費やすエネルギーがあったら、俺たちが一丸となってお客様を喜ばせろ、要するに攻略しろってことだよ」

なるほど、と思わず笑った。

「支配人は、伊崎主任が俺に嫌味っぽく注意していることをちゃんと知っていたんだ。それだけじゃなくて、伊崎主任が俺にいら立っているってこともね。いつも見られているっていうのは、なかなか怖いものだぜ？」

間違いなく支配人はよく見ている。それで問題が大きくなる前に摘み取るのだ。店を穏やかに運営するために。

伊崎主任について、当麻さんはなおも語った。

勉強熱心で仕事もでき、自分と同じレベルを人にも要求してしまう。もちろん店全体の接客をよくして、お客様に喜んでもらいたいからだと語る様子は、まるで自慢の兄を紹介するようだった。

伊崎主任を理解するうちに、厳しかったのは単なるいじめではないとようやく納得することができたという。

そこで二人の関係は変わった。伊崎主任は口うるさいほどに指導するようになり、当麻さんも、それまでは馬鹿にされそうで口にできなかった質問を、どんどんぶつけられるようになった。三年が過ぎた今では、お互いに信頼し合っているという。

「根底にあるのは、お客様を喜ばせようっていう心だ。それで俺たちは繋がっている」

当麻さんは誇らしげに言った。

その言葉のまぶしさに、私は目の前が暗くなった。

就職活動からここまで、私は自分のことしか考えてこなかったからだ。

両親の死で傷ついた心を慰め、奮い立たせるために夢中になるものが必要だった。

両親との繋がりを断ちたくなくて、接客業に進むことを決め、天間支配人に出会った。

お客様を笑顔にするというよりも、自分が笑顔になりたくて必死だったのだ。

そんな私が、本当にお客様のために仕事ができるのか。

そのために真剣になっている支配人や先輩たちと、一緒にいることが許されるのか。

その思いは、次第に私の中にじわじわと広がり、グラスを洗い終える頃には不安でいっぱいになっていた。

その夜、私は先輩たちと同時にタイムカードを押した。

まさか初日から、最後まで店にいることになるとは思わなかった。

着替えながらスマートフォンを見ると、同期からのメッセージが何件も届いていた。

表示された時刻は何時間も前で、どうやら閉店まで働いたのは私だけだったようだ。

調理場スタッフは、ラストオーダーが終われば、片付けを済ませて先に帰ってしまう。

着替えを終え、一階に戻ると天間支配人が待っていてくれた。支配人は制服ではなく自前のスーツなので、着替える必要もない。

「伊崎君と当麻君は先に出ました。ラーメンを食べに行くそうです。なじみの中華屋の閉店時間が迫っているので、走って行きましたよ」

当麻さんの話を聞かなければ、厳しくされていたとは思えないほど仲がいい。

「普段は彼らも一緒に帰るんです。一日の仕事を振り返りながら、いろんな話をしてね。僕はわりとその時間が好きなんです」

渋谷駅からはそう離れていないくせに、夜の住宅街は思いのほか静かだった。

どの家も高い塀に囲まれていて、家の中の明るさも賑《にぎ》やかさも、一片も外に漏らすまいとかたくなに拒んでいる。

向かい合う塀の間に沈み込んだ川のような道を、私と天間支配人は並んで歩いていた。

「初日はどうでした？　お話ばかりでしたから、退屈しましたか？」

本音を言えば疲れた。そして、今もまだ興奮が収まっていない。

銀座の本店から始まった長い一日は、ほぼすべてが初めての経験だった。

素敵な洋館も、思い出しただけでまた食べたくなるようなオムライスも、それで両親を思い出したことも、授業以外であんなに長く話を聞いたことも。

それだけならば、希望に満ちた職場でまた明日も頑張ろうと思えるのに、最後に感じた後ろめたさと不安だけが、心の底に澱《おり》となって沈んでいる。

でも、初日からそんなことを言うわけにはいかない。

「私も、早く伊崎主任や当麻さんみたいになりたいです。あんなふうにお客様と……」

「霜鳥さんはなかなか度胸がありますね」

穏やかな、けれど鋭い声に途中で遮られ、そのまま顔が固まった。

何か間違えただろうか。いったい、何を?

「当麻君は正直でしたよ。最初からお客様の前に出るのが怖い、自信がないって言っていましたから。あのお店の雰囲気にすっかりおびえてしまったんです。それが新入社員の本音だと思います」

虚勢を張っていたことをすっかり見抜かれて、言葉に詰まった。

「きれいごとを言う必要なんてないんですよ。それが新入社員の特権なのですから」

私は黙ってうつむいた。

昔から私は損な性格だ。「できない子」だと思われるのが悔しくて、つい調子よく合わせてしまう。最初から自分のハードルを上げてばかりで、つくづくバカだと思う。

「当麻さんが言っていた通りです。やっぱり支配人の目はごまかせませんね」

「僕たちの仕事はよく見ることです。研修でも、ウオッチングを習ったでしょう？　お客様の求めるものを、呼ばれる前に気づけなくてはならないんです。僕にとって、それはスタッフに対しても同じです。新入社員の霜鳥さんは、今、僕がもっとも気に掛けるべき相手ですから」

支配人の言葉を変なふうに解釈して頬が熱くなり、すぐに人事総務部への報告義務があるのだと気が付いた。こういう性格もやはりバカだと思う。

「霜鳥さんはきっと真面目《まじめ》な性格なのだと思います」

「真面目、ですか？」

「ええ。こうあるべきだ、という答えがいつも用意されていて、その通りにふるまってしまう。今日も新入社員はこうだという模範的な反応ばかり返ってきましたから」

「あ……」

「ずっとそうだと疲れますよ。現に、今日は朝早くから夜遅くまで、疲れ切ったでしょう？　だけど、あなたは一言もそんなことを口にしない。グラス洗いを手伝えと言えば、はいと応《こた》えて当麻君の隣に向かいました。いくらやる気のある子でも、さすがに『えっ』と思うでしょう」

その通りだった。

「私、お客様よりも支配人が怖くなりました」

ようやく本音をこぼすと、支配人が笑った。

「それでいいんです。僕たちは、まだお互いのことを何も知らない。知らないから怖い。これから仕事をしていく中で、もっと理解したいと思っています」

「いつから、私が無理しているって気づいていたんですか」

「最初からですけど、しいて言えば、オムライスでしょうか」

「オムライス」

「当店でも人気のメニューです。ですが、家庭でも作られる、決して珍しくない料理です。それを食べているあなたが、少し気になりました」

あの時の、胸が詰まったような感覚が急激によみがえってきた。

「……あんなオムライス、母にも食べさせてあげたいと思ったんです」

「お母様に？　では、今度ご招待してあげてください。新潟からは少し遠いですが、娘が働いている姿を見るのも、きっと嬉しいことでしょう」

その瞬間、熱いものがぶわっと胸から喉、喉から目元へと駆け上がってくる。

私は立ち止まった。立ち止まって、必死にそれをこらえようとした。

けれど、止められなかった。

「もういないんです。しっかり焼いた卵をのせた、ケチャップライスのオムライスしか知らない母でした。でも、それを作ると大仕事をやり終えたみたいに、嬉しそうで……」

母のオムライスと、それを食べる父や弟の顔が頭に浮かんだ。

オオルリ亭のオムライスは、それとは比べられないくらい美味しかったのに、私は母のオムライスが食べたくて仕方がない。

いや、食べたいのではない。あのふわりとした幸せな時間をもう一度味わいたいのだ。

「お料理の味や香りが、懐かしい記憶を呼び覚ますのは、珍しいことではありません」

ぽつりと言った支配人に、私は両親を一度に事故で失ったことを話した。

全部聞いても、支配人の表情は変わらず、穏やかなままだった。

私たちはゆっくりと住宅街の道を歩いていて、それは立ち止まって情けない顔を見られるよりもずっとよかった。

深夜でも明るい東京の空の下を、このままどこまでも支配人と歩き続けていきたかった。

「当麻さんが言っていました。同じ賄いを食べ、長い時間一緒に働く店のスタッフは本物の家族みたいだって。そこで気づきました。お客様を喜ばせたいとか、口ではさんざんきれいごとを言って内定をもらいながら、私が欲しかったのは結局、自分の居場所だったんです」

「そういう思いはきっと誰にでもあります。たとえ、家庭があったとしても」

「違います。当麻さんは、お客様を喜ばせたいと心から思っているんです。その気持ちで店のスタッフは繋がっているって。私は情けなくなりました。私は自分が笑いたいだけなんです。笑っているお客様を見て、自分が満足したいだけなんです」

「自分の満足。それでいいのではないですか？　僕だって結局はそうですよ。だからこそ仕事が楽しい」

「……本当に？」

足を止めて、支配人を見上げた。支配人は頷いてくれた。

すぐにまた歩き始める。

「やっぱり霜鳥さんは真面目なんですね。あなたは、温泉旅館の次男坊が東京のレストランで働いていることに興味を持ったと言ってくれましたが、本当は生まれ育った環境に憧《しょう》憬《けい》の念があるのでしょう。ご両親、従業員やお客様、多くの人に囲まれた生活が、あなたにとっての居心地のいい場所だったんです。それを、きっと僕がいる店に求めた。でも、それならばどうして実家に戻らないんですか」

支配人が感じるように矛盾がある。私は両親がいない実家を見たくないのだ。そもそも、旅館をやる自信もない。

「突然で、私にも弟にも荷が重すぎるんです。東京の大学で経営を学んでいる弟も、今では帰らないの一点張りです。旅館は父の弟が続けています。そこそこ歴史もありますし、従業員もいますから簡単に廃業することはできません」

時折、弟の颯馬が薄い壁をドンッと力いっぱい叩いてくるのは、理不尽なものに対する怒りをいまだに抱えている証拠なのだ。

「悩んだ末の結論が、東京での就職ですか」

「未練がましいですよね、旅館は継がないくせに、両親への思いに縋《すが》りついて接客業に志望を変更するなんて。でも、夢中になりたかったんです。笑って、悲しいことを忘れたかった。天間支配人を見つけてからは、本当にそうなれると信じて、ここに来ました」

「僕の店で、霜鳥さんは笑えそうですか」

「笑っていたいと思います」

それだけは確かだった。

「ならば大丈夫。それに、霜鳥さんはどうすればお客様が笑顔になるかを知っていますから、僕も心強い」

視線を私に向けた支配人は続けた。

「たいしたものだと思いますよ。そんな状況でも見事に内定をもらい、大学も卒業して、今、ここにいる。そのことが何よりも素晴らしいではないですか」

天間支配人の言葉は、この一年、私が何よりも求めていたものだった。

温かい手で抱きしめられたような感覚に、ふっと力が抜けて、涙が溢れた。

もう何をしても喜んだり、褒《ほ》めたりしてくれる人はいないと思っていたのに。

誰かに肯定される、そのことが、どれだけ力を与えてくれるのか、私は初めて実感した気がした。

「社会に出て、働くということは口で言うほど簡単ではなく、厳しいこともあります」

支配人が足を止めた。住宅街は終わり、渋谷駅まで続く賑わいが始まる場所だった。

支配人の見つめる先は一軒の中華料理店だ。すでに暖簾《のれん》は下ろされていたが、ガラス戸越しにカウンターに座った数名の客が見える。

「伊崎君と当麻君です。ラストオーダーに間に合ったようですね。煮干しラーメンが美味しいんですよ。今度、ご馳走しましょう」

支配人が笑った。

「厳しさを乗り越えて、やりがいを摑《つか》み、仲間との絆《きずな》も深まるものです。それがまた楽しみでもあります」

きっと伊崎主任と当麻さんのことを言っているのだ。

「実はね、初日からこんなに遅くまで新入社員を残すのは僕だけなんです。他の支配人からはやめろって言われているんですけど、最初だからこそ、ありのままを見せたいじゃないですか。お店の様子も、スタッフの本音も」

いたずらっぽく笑った支配人に、今度こそ私は叫んだ。思いっきり、本音で。

「やっぱりそうですよね。他の同期は、もうみんな家についていますよ！」

「仕方ありません。僕は不良社員ですから。それに、ここがいいと言ったのはあなたです」

心の底から、笑いが込み上げてくる。

笑うだけで、何もかも大丈夫だ、という気持ちになる。

「煮干しラーメン、楽しみにしています」

明日から渋谷店で頑張る。そう心に決めて、私はもう一度笑った。

第二話　グラス越しの世界

意識の遠くで台所の物音が聞こえる。

冷蔵庫をパタンと閉じる音、トースターがチンと鳴る音。

まどろみの中で「起きなさい」と呼ぶ母の声を待つ。

実家は旅館だが、奥の居住スペースに小さな台所があって、朝食は母がそこで用意してくれた。

誰《だれ》かの気配は心地よい。幸せなまどろみの中でふと思う。

ずっとこのまままたゆたっていたいという思いは、アラームの音にかき消された。

こんなふうに目覚めた朝は、とたんに絶望的な気分になる。

もう母はいない。

物音の主は弟の颯馬だ。

私を避けているのか、帰りが遅い分、朝はわりとゆっくりな私が寝ているうちに家を出る。

両親の事故以来、すっかり無口になった颯馬も大学だけは真面目《まじめ》に通っている。

結局、颯馬も私と同じだ。

働き者の両親を見て、しごくまっとうな人間に育った私たちは、どんなにショックを受けていようと立ち止まることなどできなかった。しっかりしなくてはと、颯馬もきっとそれだけを自分に言い聞かせて、こうして大学に通っているのだ。

「ああ、本当に小さい。私も、颯馬も」

それでも、自分たち姉弟《きようだい》の逞《たくま》しさを愛《いと》しいとも思う。

これこそが、山深い温泉宿で両親から引き継いだ強さだと思うのだ。

颯馬が家を出たのを確認して、布団から出た。私も仕事に行かなくてはいけない。

事故の知らせを受けたのは、つい前の晩に母と電話で話した日だった。およそ一年前の五月中旬のことだ。

大学四年生だった私は、就職活動を言い訳に春休みも、五月の連休も帰省しておらず、母から電話のたびに「就職活動は順調？」と訊《たず》ねられるのが煩《わずら》わしかった。

「うん。来週からいくつか面接も入っている」

私は片手で靴下を脱いで洗濯機に入れに行き、台所のテーブルでパックのカフェオレにストローを差しながら応《こた》えた。

やりたいこともないくせに東京に住み続けたかった私は、無難な事務職に就こうとしていた。事務職というだけで、特に業界を絞り込んでいなかったので、志望先を選ぶのも、志望動機を考えるのも、とにかく苦労した。

母は「身だしなみはちゃんとして、自信をもって行くのよ。人事部の人の話はちゃんと聞くようにね」などと、予想通りの注意をしてきて、私はうんざりした。小さい頃《ころ》からいつだってこうだった。

他愛のない話は一時間近くも続き、最後は、最近見たテレビドラマの感想を言い合って、「じゃあ、またね」と電話は終わる。

しかしその時は、電話を切ろうとする私を母が引き止めた。

『早く就職先を決めて、一度帰ってきなさいよ。夕子も颯馬もいないと寂しいのよ』

「夏休みにはゆっくり帰るよ。就職したら今までみたいに長く帰省できないだろうし」

『楽しみに待っているわ』

夏休みまではまだ二か月もある。母の声には、寂しさと嬉《うれ》しさが混じっていた。

「帰ったら、トウモロコシが食べたいな」

私は久しぶりの両親との再会や、真夏でも涼やかな故郷の風を懐かしく思うよりも、蒸《ふ》かしたてのトウモロコシの甘い香りばかりを思い浮かべていた。

『はいはい。今年もちゃんと植えてあるわよ。夕子も颯馬も大好物だものね』

母が電話の向こうで苦笑し、そこで電話は終わった。

電話の翌日、大学の就職課に顔を出した私のスマートフォンが鳴った。エントリーしている企業からの電話かと思ったが、それらはすべて会社名を登録している。表示された番号にとまどいながら通話ボタンを押したが、すでに切れていた。しまったと思って画面を見つめていると、もう一度電話が鳴った。

今度は「父 携帯」と表示されていた。

父からの電話などめったにないことだ。

訝《いぶか》しく思いながらスマートフォンを耳に当てると、慌てたような声が飛び込んできた。

『夕子ちゃんか、おじさんだ。ええと、お父さんの弟の雄二《ゆうじ》だ』

声だけならば、父だか叔父だか分からなかっただろう。切羽詰まった様子に、驚くよりもなぜか不安でいっぱいになった。そもそも父の携帯を叔父が使うことがおかしい。

「え？ おじさん？ どうしたの？」

もやもやとした不安は、確実に恐怖に代わっていた。

『落ち着いて聞いてほしい。お父さんが交通事故に遭《あ》ったんだ』

両足の裏から、床に体中の力が吸い取られていくような感覚に、膝《ひざ》が崩れそうになった。

震える手でスマートフォンを握り、同じく震える声でかろうじて訊《たず》ねた。

「お母さんは……？」

すぐに訊ねたのは、たいてい二人で山を下った海近くの市場まで仕入れに出かけていたからだ。

『お母さんも一緒だ』

叔父の絞り出すような声も震えていた。

叔父も動揺していて、「帰ってこられるか」と繰り返すだけだった。

私は「帰ります」と応えて、すぐに電話を切った。

大変なことが起きたと分かっていても、まったく信じられなかった。

今、母に電話をすれば、すぐに「どうしたの？」と出そうな気がして、母の携帯の番号を押した。しかし、電話は通じなかった。

急に胸がドキドキしてきて、思わずしゃがみこんだ。体はブルブルと震えているのに、額からは汗が流れていた。

私は颯馬よりも先に伯母の番号を探した。

母の姉の佐久間《さくま》頼子《よりこ》は東京に住んでいる。私が大学に入学してからというもの、時々食事などにも誘ってくれる、こちらでは唯一の頼れる存在だった。

すぐに電話に出た伯母は、取り乱す私から冷静に状況を訊《き》きだそうとし、事故に遭ったということ以外、何も聞いていない私を咎《とが》めることもなかった。

伯母は叔父の連絡先を訊くと、私には颯馬に連絡して、すぐに実家へ帰る準備をするように言って電話を切った。

三十分後に伯母から電話があった時には、私は亀戸のアパートに着いたところだった。

その時に、両親が亡くなったことを告げられた。

伯母は車で迎えに行くからアパートで待っていろと言う。

私はとても信じることができなくて、ただ頭の中が真っ白だった。

こんなにあっけなく？

両親が死んだ？

繰り返すのはそんなことばかりだ。

どうしたらいいのか訊ねようと、握りしめたままのスマートフォンでまた母の番号を押しそうになり、その母が事故に遭ったのだと気づいて、再び愕然《がくぜん》とした。

母に電話をしても、もう繋《つな》がることはない。

そんな当たり前のことを受け止められるようになったのは、これよりもだいぶ後のことだ。

私はやるべきことを探し始めた。

何かに思考を集中させることで、一番深刻な部分に気持ちが傾くのを必死に避けていたのかもしれない。

しかし、まだすべてが他人事《ひとごと》のようだった。
亡くなったのならお葬式だと、まず服装のことを考えた。
その日は就職セミナーに出る予定で、リクルートスーツを着ていた。喪服など持ってい
ないからちょうどいいと思った。
颯馬の通う大学は、西東京のほうでまだ帰ってこない。電話では両親が事故に遭ったと
しかと伝えていないから、大変な事態とは思っていないかもしれない。
颯馬も喪服など持っていない。
大学の入学式で着たスーツならば濃紺だったから許されるだろうか。いや、実家には父
の喪服があるはずだ、しかし、その父の葬儀で息子が本人の喪服を借りるのはどうなのだ
ろう。
動揺しているくせに妙に細部まで意識が行き届き、すでに両親の葬儀を現実と捉《とら》えてい
ることに驚いた。
心の中に、今もいつも通り旅館にいる両親と、冷たくなった両親、どちらも同時に存在
しているかのような不思議な感覚だった。
普段は扉を開けただけで怒鳴られる颯馬の四畳半に入った。
ふと机を見ると、重ねられた教科書の向こうに、入学式の時、家族四人で撮った写真が
飾られていた。

颯馬の引っ越しの手伝いも兼ねて両親も上京し、このアパートで雑魚寝《ざこね》をした。しきりに「狭い家だな、旅館で育ったお前たちは息が詰まるだろ」とぼやき、すぐにでも帰ってこいと言いそうな父の顔を思い出して畳の上にうずくまった。初めて涙が溢《あふ》れ出た。

「姉ちゃん、何やってんの」

すぐ後ろに颯馬が立っていた。

弟の顔を見た途端、さらにボロボロと涙が溢れて零《こぼ》れ落ちた。

「何、泣いているんだよ。事故ってどういうこと？　大したことないんだろ？」

颯馬は無理に笑おうと頬《ほお》を引きつらせた。私の様子を見てさえ、両親は元気だと思い込もうとしているかのようだった。

「……頼子おばさんが、車で迎えに来てくれるって。急いで新潟に帰るよ。喪服がないからどうしようって、颯馬のスーツ、出そうとしたの」

颯馬は笑いながら、少しだけ後ずさった。

「嘘《うそ》だろ？　ちょっと、え？　母さん？　それとも、父さん？」

私は絞り出すように声を出した。「二人とも、だって」

「嫌だ、俺《おれ》、帰らない」

颯馬がそのまま部屋を出ようとする。私は待ってと大声で叫んだ。

「私たちが帰らないでどうするの。お父さんもお母さんも待っているんだよ！　お葬式だってしないといけないんだよ」

「もう、待ってなんかいないよ！」

私は素早く立ち上がって、押入れからクリーニングの袋に入った颯馬のスーツを摑《つか》みだした。

私だって帰りたくない。冷たくなった両親に会うのが怖い。それなのに、わがままを言う弟に腹が立って仕方がない。

「早く準備して」

「これ、入学式にって、母さんと選んだスーツじゃないか。こんなの着たくない」

「じゃあ、お父さんの喪服を借りれば？」

「それも嫌だ」

「どうするのよ」

「帰らないって言っているだろ？　俺、ここにいる」

「そういうわけにいかないんだってば」

いつの間にか、二人とも大声を上げていた。

「姉弟ゲンカしている場合じゃないでしょ！」

突然割って入った声に部屋の入り口を見れば、頼子おばさんが立っていた。

つかつかと四畳半に入ってくると、私と颯馬の頭に軽くげんこつを落とす。

「ケンカ両成敗。ほら、準備はできたの？　行くわよ」

母と仲のいい姉妹だった伯母は、昔からよく実家に遊びに来て、ケンカばかりしていた私と颯馬をこうして仲直りさせた。

東京で生まれ育った伯母は、都会育ちの妹が田舎《いなか》の温泉旅館に嫁ぐのがよほど心配だったらしい。しかし、訪れるたびに自然に囲まれた静かな生活を羨《うらや》ましがって、いつしか別荘ができたと喜ぶようになった。

さすがに颯馬も伯母には逆らわなかった。

近くのパーキングに停《と》められていたSUVに乗ると、それ以降一切口を開かなかった。

伯母の車は、東京から新潟の山沿いの町まで、一度サービスエリアに寄っただけで、かなりのスピードで走り続けた。

高速道路を下りる頃にはすっかり日は暮れていて、しばらく民家が点在する田んぼの間の県道を走った後、街灯もまばらな山道へと入った。

高校を卒業するまで暮らした町の夜道が恐ろしく暗く感じる。大学生活のたった四年で、すっかり東京の夜の明るさに慣れてしまっている。

雪解けの遅い故郷の町では、ちょうど勢いよく草木が葉を伸ばす季節だった。

闇《やみ》の中、道の両側に茂《しげ》った木々や、丈を伸ばした野草が、車のライトに照らされて浮かび上がる。生まれ育った私ですら心細くなるような山道だ。

普段は都会の整備された明るい道路を走っている伯母はどれだけ心細かっただろうか。それでも、伯母はサービスエリアで買ったコーヒーに口もつけず、両手でハンドルを強く握りしめていた。

私の実家は山奥の温泉の一軒宿だ。

近くの源泉から湯を引く民宿や旅館もあるが、我が家よりは一キロほど下った場所で、小さな温泉街のようになっている。当然ながら、源泉にもっとも近い我が家が、温泉愛好家には一番の人気だった。

父はこの古い旅館の長男として生まれ、東京に板前の修業に出ていた時に母と出会った。同じ和食店で、和服を着て接客をする母の姿に一目惚《ひとめぼ》れをしたのだという。好奇心旺盛《おうせい》な母は、父に連れられて温泉を訪れるうちに、豊かな自然や、古くても味のある旅館にすっかり魅了されたようだ。華やかで便利な東京から、ひっそりとした山里へ嫁ぎ、私たち家族ができあがった。

父は颯馬にも料理人として旅館を継いでほしかったようだが、弟はまったく料理に興味を示さなかった。

父には三つ年下の弟がいる。事故を知らせてくれた雄二おじさんは、ずっと独身で、私たち家族と一緒に旅館に暮らしながら、父を支えて旅館で働いていた。

誰もが、いずれは颯馬が旅館を継ぐと信じて疑わなかった。経営を学ぶことを条件に、颯馬は四年間の東京での大学生活を許されたのだ。

この後、私たち姉弟の生活はどうなるのだろう。

車の中で、私は不安でたまらなくなった。けれど、自分のことばかり考えては両親に申し訳ない気がして、必死に悲しみに集中しようとした。

そんな自分がますます嫌になって、私は窓の外の暗闇に目を凝らした。

そこからは、両親の遺体との対面、通夜《つや》や葬儀、何も考えることなどできないくらい慌ただしかった。先のことを考える余裕もないほど心の中がパンパンで、それが破裂したかのように涙が溢れて止まらなかった。

すべてを絞り尽くして東京に戻った私と颯馬は、はっきり言って抜け殻だった。

雄二おじさんや頼子おばさん、父が懇意にしていた税理士さんのおかげで、相続関係も何とか問題なく話がついた。

私と颯馬はこのまま亀戸のアパートで暮らしながら、大学も卒業することができそうだと分かり、ようやくほっとすることができた。

旅館自体は父と叔父、共有の持ち物だということもこの時に初めて知った。

旅館には従業員もいて、この先の予約も入っている。

このまま叔父が父に代わって旅館業を承継することにし、颯馬が大学を卒業する時に改めて今後のことを話し合うことになった。

叔父がいてつくづくよかったと思った。

ここでもし、旅館のことまで考えろと言われたら、それこそ私も颯馬もどうしたらいいか分からなかっただろう。

姉と弟、残された姉弟の絆《きずな》は深まるかと思ったが、そうはならなかった。

もともと口数が少なかった弟は、家族に繋がる思い出の元凶を断ち切るかのように私を避けるようになり、私は私で、近しい存在であればあるほど、またいとも簡単に目の前からいなくなってしまうのではないかという恐怖におびえた。

大切だからこそ、一番怖い。そんな感情を、私は一年前に初めて知ったのだ。

渋谷店に配属されてすでに数日が経《た》つ。

二日目からは、天間支配人の指示で入社四年目の当麻さんと行動するようになった。

当麻さんの動きを見て、お客様との会話を聞き、仕事の流れをつかむのが目的とのことだ。ただし、それもランチ営業のみで、夜はバーカウンターでのグラス洗いだった。

「ディナータイムになると、お客様の注文も複雑になる。バーカウンターはホールがよく見えるから、全体を観察しろってことだ」

当麻さんはそう励ましてくれるが、実際には右も左も分からない私がいては邪魔だということだろう。

早い時間は洗うグラスもないので、ぼんやりとメインホールを眺めていた。

しかし、バーカウンターには他《ほか》にも重要な役割がある。それはご来店されたお客様に誰よりも早く気づくことだ。

私が「いらっしゃいませ」と声を上げると、ホールにいる支配人や先輩がとんで来て、お客様をテーブルへと案内してくれる。いわば門番のような役目だ。

ホールに目を向ければ、天間支配人が案内したお客様の椅子《いす》を引いて、座らせているところだった。

当麻さんはオーダーを通しに調理場へ向かい、伊崎主任はテーブルの間をお客様に気を配りながら優雅に歩いている。

それぞれの動きはバラバラなのに、目的を確実に果たす動きは同じ方向を向いている。まるで大きな水槽の中を泳ぐ、きれいな魚たちのようだ。

ゆったりと、時にきびきびとした動きは美しくて、私は時々ぼんやりと見とれた。あの水槽の中に、早く自分も入りたいと思った。

ランチタイムと違って、どのテーブルでもドリンクの注文が入り、私の目の前にはすぐにグラスがたまっていった。

必死になって洗っていると、伊崎主任がやってきて、目の前にグラスを二つ置く。

私をチラリと見ながら、後ろから磨いたばかりのグラスを持って、またテーブルへと戻っていく。当麻さんもグラスを下げて来て、「よろしく」と行ってしまう。

目の前は、たちまち使用済みのグラスでいっぱいになる。

ずっとバーカウンターから出られなかったという当麻さんの話を思い出し、私は手を止めて大きなため息をついた。

「ずっと下ばかり見ていては、肩が凝ってしまいますよ」

顔を上げれば、正面に支配人が立っていた。やはりグラスを下げてきたようだ。

「でも、洗わないとたまっていく一方ですし」

「ホールを眺めるのも仕事だと言ったはずですが？」

さっきまでは見ていた。

反論しようとして、私は息を飲んだ。

ディナータイムが始まった頃の情景とは、すっかり変わっていたのだ。

あの時は、まだ窓の外がほんのりと明るかった。すっかり夜も深まった今は、視界いっぱいに幻想的な世界が広がっている。

メインホールの壁二面は大きな窓になっているのだが、そこに店内の様子がまるで鏡のように映り込んでいた。

淡い店内の照明と、テーブルに置かれたキャンドルの灯《あか》りに照らされたお客様やスタッフが、窓に映っておぼろげに揺らめいている。

お客様のひそやかな話し声、グラスやカトラリーの触れ合う音、それらが混じり合い、心地よいざわめきとなって、お料理の香りとともに天井の高い空間を満たしている。

夢のような世界だった。

優しい灯りに包まれた光景に、ふと故郷を思い出す。

夜の露天風呂《ろてんぶろ》に揺れる行燈《あんどん》の灯り、冬の雪道に道しるべのように置かれたともし火。

暗闇に淡く揺れる灯りが、無性に懐かしくてたまらない。

目の前の灯りの中では、相変わらず伊崎主任と当麻さんがゆったりと動いていた。

その向かう先には、たくさんのお客様の笑顔がある。二人のいる場所が、何だかとても温かで、幸せな世界に思えた。なんて居心地がよさそうなのだろう。

私はようやく理解した。この景色を見せるために、新入社員はきっとバーカウンターに入れられるのだ。


渋谷店に配属されて十日が過ぎた。

昼間の店内は大きな窓から日が差し込み、半ばまでロールスクリーンが下ろされていた。女性のお客様が多く、どこのテーブルからも華やかな声が聞こえてくる。

「霜鳥さん、じゃあ、今日はメニュー出してみてよ」

当麻さんに言われ、いつもは後ろに付き従っているだけだった私は、案内されたばかりの女性客が座るテーブルに向かった。

顔なじみのお客様らしく、当麻さんは私を今年の新入社員だと紹介した。しかし、二人の女性はなぜかがっかりしたような表情を浮かべ、メニューを渡す前から、何か失敗でもしただろうかと、私の心は落ち着かなくなった。

「お客様って、正直で残酷だよなぁ」

注文を通した後、当麻さんがホールから見えない場所で小さなため息をつく。

「私、何がまずかったのでしょうか」

「いや、霜鳥に問題はない」

いつからか、当麻さんは私を「霜鳥」と呼ぶようになっていた。

「霜鳥、ここの社員を言ってみろ」

「社員？　名前ですか？　全員の？」

意味が分からない私に、当麻さんは「そうだ」と頷《うなず》く。

「天間支配人、伊崎主任、当麻さん、調理場は牧田料理長と、神蔵《かみくら》主任、ええと、背の高い人と、眼鏡の人です」

当麻さんは持っていたメニューで私の背中をバシッと叩《たた》いた。もちろん、ここはバックヤードだからお客様には見えない。

「馬鹿者。名前くらい早く覚えろ。身長百九十センチあるのが友永《ともなが》さんで、眼鏡は石下《いしげ》さんだ」

すみません、と謝りながら、私はさりげなくメモ帳に書き留めた。調理場の社員とは接する機会が限られるし、コック帽をかぶっているので外見の特徴をつかみにくい。

「何か気づかないか？」

当麻さんに言われ、はっとした。

「全員、男の人です」

「そういうこと。ここに配属されるのは、なぜか男ばっかりなんだ。ほら、特にランチタイムは圧倒的に女性のお客様が多いだろ？　千早部長がわざとそうしているってウワサ」

先輩たちは、久しぶりに新入社員が配属されると聞いた時、誰もが「また男か」と思ったらしい。一番年下の当麻さんは、やっと舎弟ができると大喜びをしたそうだ。

「それで、さっきのお客様もガッカリしたんですね」

女性の常連様ならば、どんな男の子が来るのだろうと期待したのもうなずける。

しかし、これは私の責任ではない。一癖も二癖もありそうな千早人事総務部長のニヤリと笑う顔が頭に浮かび、さもありなんと思った。

「女性客をつかもうってこと以外にも、ここは唯一の戸建て店舗だから、防犯上の理由っていうのもあるみたいだけどね」

「いいえ、百パーセント、女性客をつかむためだと思います」

脱力感に襲われながら応《こた》えたものの、ならば、なぜ千早部長は私をここに配属したのか不思議に思った。

いくら私が天間支配人と働きたいと言い張ったとはいえ、もともと千早部長は希望通りに配属する人ではないらしい。

その上、女性ウケを狙《ねら》うならば、私の同期には表参道でスカウトされたこともあるという、身長百八十センチの八坂《やさか》君がいる。八坂君の配属先は東京駅の構内にある店舗だった。

千早部長の本心は分からないが、これ以上、女性客をがっかりさせないために、せめて仕事だけは頑張ろうと心に決めた。

しかし、そううまくはいかなかった。

次にご案内したお客様のテーブルでも、当麻さんに言われて私がメニューを手渡した。下がろうとする私をお客様が呼び止める。

「ねえ、今日のおすすめランチは何?」

「真鯛《まだい》のポワレ、アルベールソースです」

大半のお客様が定番の洋食メニューを注文されるが、ごくまれに週替わりの〝シェフのおすすめランチ〟の注文がある。

正直なところ、私にはポワレもアルベールソースもよく分からない。

朝礼の時に聞いた、牧田料理長の言葉をメモ帳に書いておいただけだ。

しかし、自信がなくて声が小さくなってしまった。

「よく聞こえないわ。どんなソース？」

メモにはないうろ覚えの部分を追及され、私は一気に指先が冷たくなった。

分からないのだから説明しようがない。どうしようとオロオロしていると、当麻さんがさっと前へ出て、代わりに説明してくれた。

「申し訳ありません。ちゃんと勉強させておきます！」

当麻さんが場を和ませてくれたおかげで事なきを得たが、私はとたんにお客様のテーブルに行くのが怖くなってしまった。

その後はメニューを渡すとすぐに下がった。

いかにも話好きそうなお客様の場合は、当麻さんにメニューを出してもらった。

しかし、逃げ回る私を見過ごすほど当麻さんも甘くはない。

「分からないことは質問すればいいだろう？　避けてばかりじゃ成長しないぞ」

「できないんですよ。何が分からないかも分からないくらい、分からないことだらけなんですから」

朝礼も夕礼も、スタッフならすべて理解しているという前提で進んでいく。誰もが知っていて当然のことを、私だけが知らない。支配人や料理長の話を遮ってまで質問する勇気が、私にはなかった。

「質問できるのが新入社員の特権だろう？　今、質問できなかったら、この先もずっとできないぞ」

それは分かる。当麻さんも自分の経験があるから、私に注意してくれている。

私は唇をかみしめた。

お客様が怖い。そして、無知な自分がもっと怖い。

「霜鳥はさ、自信のなさが態度に出すぎるんだよ。不安だから声が小さくなる。ごまかしはお客様には通じないんだ。訊き返しても、霜鳥は結局答えられない。お客様はますます不快になる。おまけに自信を無くしているから、オーダーを通す声も小さくなって、調理場のスタッフまでイラつかせる。バーカウンターで『いらっしゃいませ』って声を上げる、あの威勢のよさはどこに行っちゃったんだよ」

当麻さんの言葉はいちいちその通りで、私は反論もできない。

「前に言っただろ？　俺だって最初は質問もできなくて、伊崎主任に厳しくされた。ここは学校とは違う。出来の悪い奴《やつ》をフォローして、みんなで仲良く頑張ろうっていう場所じゃないんだ。お客様からお金をいただいている以上、支配人や伊崎主任のレベルが当たり前の世界なんだよ」

厳しい言葉に足が震えた。新入社員という立場に甘えたつもりはない。

けれど、現実を突き付けられて、自分の心構えがまったくなっていなかったことに茫然《ぼうぜん》とした。

そういう日は何をやってもうまくいかないもので、お皿を下げる時、ナイフやフォークを何度も床に落とした。研修であれほど練習をして、その時は一度も落としたことなどなかったというのに。

幸いお客様のお洋服は汚さずにすんだが、固い床に落ちた金属の立てる音は高い天井に響き、周りのお客様にもスタッフにも注目されることになった。

そのたびに「失礼しました」と頭を下げる支配人に申し訳ない気持ちでいっぱいになる。

夜の賄いの時間になったが、仕事らしい仕事もしていない私は、食べる資格がないような気がして、先輩たちから離れた隅っこに座っていた。

いきなり目の前に皿が差し出され、驚いて顔を上げると当麻さんが立っていた。

「食べろよ。あれくらいで落ち込んでいたら続かないぞ」

「いりません」

「そうやって落ち込んで、拒食症みたいになって辞めていった社員、俺が知っているだけでも何人かいる」

無理やり押し付けられたシチューをスプーンですくって口に入れた。

いつも食べる市販のルーを使ったシチューとは明らかに味が違うのに、今の私にはまったく美味《おい》しいと感じられなかった。

「お前次第だぞ」

「え？」

「俺は新入社員の時、出遅れた。出遅れたから、伊崎主任にいびられて、店のみんなから落ちこぼれ扱いをされた。だから、自分で頑張るしかなかった。今の霜鳥なら、まだ何を質問しても恥ずかしくない。言っただろ？　何も知らないのが新入社員だって」

「……はい」

ようやく少しシチューの味を感じた。このお店を怖がって拒んでいた体に、少しずつ、このお店が入り込んでくる気がした。

早くこのお店のすべてが私の体にしみ込んで、何もかも知り尽くしたいと思った。

今の私は恐ろしいほど無防備だ。お客様の前に出るには装備が必要だ。それは、知識であり、技術だった。

ディナータイムが始まる。

今夜もバーカウンターに入った私の所に、支配人や先輩たちがひっきりなしにやってくる。それぞれオーダーを受けたドリンクを用意して、お客様のテーブルへと戻っていく。

本来ならば、バーカウンターにいる私が用意しなければならないはずだが、今の私にはグラスを洗うことしかできない。

私は手を動かしながら先輩たちを横目で観察した。

小ぶりのグラスにサーバーからビールを注《つ》ぐ支配人に、オシャレなお店はビールもジョッキじゃないんだなと驚き、カクテルを作る当麻さんの手際の良さに嘆息し、小型のワインセラーからボトルを選び出す伊崎主任に、セラーの中身を全部把握しているのではないかと感心した。

この日は週末でお客様が多かった。

バーカウンターに駆け込んできた当麻さんは、「グラスワイン、二番と五番のテーブルに出すから、ボトル、開けといてくれるかな」と、自分はカクテルを作り始める。

「えっと、私、ワインを開けたことがありません」

グレープフルーツを絞っていた当麻さんが驚いた顔で私を見た。

「……すみません」

「ごめん。大卒だから当然できると思ったけど、いや、悪かった。俺がやるからいいよ」

当麻さんはカクテルをトレイに置くと、素早くワインを抜栓して、さっとカウンターを出ていった。

またしても私は自信を無くして、唇をかんだ。

この仕事を知れば知るほど、できないことの多さを思い知らされる。装備がないどころか、丸裸も同然だった。

今度はワインリストを脇《わき》に抱えた伊崎主任がひらりと入ってきて、ワインセラーをのぞき込んだ。すぐに探していた一本を取り出し、手に持っていたナフキンでボトルを拭《ふ》く。

「グラスでのご注文ですか？」

伊崎主任が抜栓する姿を見ようと、身を乗り出した。

「これはボトル販売だけだよ。支配人からドリンクメニューも渡されたでしょ？　グラスで注文できるのは、赤、白、それぞれ二種類だけ。早く覚えたほうがいいよ」

顔は穏やかだが、言葉にどこか棘《とげ》がある。

伊崎主任はグラスを二つ手に取ると、指の間にぶら下げてバーカウンターを出ていく。

中年夫婦の座ったテーブルにグラスを置き、ラベルを示すと、流れるように抜栓した。

私もいつか、あんなふうにお客様のテーブルで抜栓しなくてはならないのだろうか。

手際が悪くてうまく開けられなかったら、もしもボトルを倒しでもしたら、と、次々に不安の種が浮かんでくる。ついこの前までは、先輩たちのように動ける自分を思い描いていたのに、今は怖くてたまらなかった。

けれど、これは仕事だ。

やりたくないけれど、やらねばいけないことなのだ。

私はここで頑張ろうと決めた。天間支配人にここで笑うと約束したのだ。

そう思うと、ふつふつと心の底から湧《わ》き上がってくるものがあった。

きっと、伊崎主任のようにワインを開けられるようになれば、仕事がもっと楽しくなる。

できないから、怖いのだ。

急に、今すぐ帰りたくてたまらなくなった。

渋谷駅の辺りで、ワインとソムリエナイフを買って、私も栓を抜いてみたい。

仕事の後ではお店はどこも閉まっている。気持ちばかりが焦ってしまう。

その時、天間支配人がやってきて、コーヒーの準備を始めた。最初にご来店されたお客様の食事が間もなく終わるのだ。

私は勇気を出して支配人に話しかけた。

「ワインの開け方を教えていただけませんか」

「開けたことがありませんでしたか」

呆《あき》れられるかと思ったが、支配人は口元に穏やかな笑みを浮かべて頷いた。

「すっかり失念していました。やってみましょう。少しだけ待っていてください」

落としたてのコーヒーを、真っ白なカップに注いだ支配人がお客様のテーブルに行き、戻ってくるのを待つ。

少し前に、そのお客様の食べ終えたお皿を下げたのは当麻さんだった。

個々にお客様に対応しているように見えるスタッフの中に、確実に繋がり合ったひとつの流れがある。やっぱり、私も早くあの中に入りたい。

しばらくして戻ってきた支配人は、私にソムリエナイフを差し出した。

「安物で申し訳ありませんが、霜鳥さんにあげましょう。僕たちは全員自分のものを使っています。メーカー、持ち手の材質、使いやすさ、こだわりは人それぞれですが、僕たちにとっては大切なものですから、自分だけのものが欲しくなるんです」

天間支配人はチラリと自分のソムリエナイフを見せてくれた。

艶《つや》のある持ち手は深いブラックで、わずかにカーブする曲線がなんとも優美だ。

「グラス販売用のワインなら一晩で何本も出ますので、練習も兼ねて、今のうちに開けておきましょう」

天間支配人が空中でソムリエナイフを閃《ひらめ》かせ、私がその通りにボトルで実践した。

キャップシールに切れ目を入れたつもりが、うまく切れておらず、ぐるぐるとナイフの先を瓶の周りに巡らせた。

ボロボロになったキャップシールのかけらがカウンターに落ち、「切れ目は一度で入れられるよう、力の入れ具合を覚えないといけませんね」とアドバイスされる。

ようやくナイフの先に引っ掛けて持ち上がったキャップは、案の定切れ目がギザギザになったみじめなものだった。

「次は、スクリューの先をコルクの真ん中に置いて、ねじを巻くように差し込んでください」

グラグラとボトルが揺れ、「しっかりと押さえて」と注意される。

まっすぐにスクリューが入っていかず、斜めになったところを強引にまっすぐにしようとすると、「中でコルクがボロボロになってしまいます」と、また厳しい声が飛ぶ。

「はい、そこでフックをボトルの口に引っ掛けて、持ち手をぎゅっと握って引き上げてください。ボトルはしっかり押さえておくんですよ」

にゅにゅ、という感触でコルクが持ち上がり、私は思わず歓声を上げる。

「そこでもう一度、今度は最後までスクリューをコルクにねじ込んでください。それから、同じようにフックを口にかけて、持ち手を持ち上げれば、コルクは最後まで抜けるはずです」

つい力を込めすぎて、ポンと勢いよくコルクが抜けた。弾みで後ろによろけた私に、支配人が吹き出す。

「そこまで力を入れる必要はありません。ボトルを倒す恐れもありますから。あとは素早くコルクからスクリューを抜いてください。たいていがテーブルサイドでのサービスです。すぐ横にお客様がいらっしゃることを忘れてはいけません」

たかだか、ワインの栓を抜いただけだ。

それでも私は嬉しくてたまらなかった。

その夜、亀戸駅に到着すると、深夜まで営業しているスーパーに寄った。

とうに二十《はたち》歳を過ぎているというのに、酒類売り場に来たのは初めてだった。

だからこそ、少し興奮した。

棚にはたくさんのボトルが並んでいた。値段もオオルリ亭のメニューに載っているものよりびっくりするほど安い。ラベルも重厚なデザインのものから、かわいいイラストのものまで様々だ。

何本か手に取ってラベルを眺めたが、さっぱり分からなかった。

とりあえず赤と白の一本ずつ買ってみようと、ラベルのデザインで選んだ。

買い物カゴに入れて、はっと気づいた。

危なかった。片方は明らかにコルクではなく、スクリューキャップだった。

つまり、ソムリエナイフがなくても手で簡単に開けられる。

よく気づいたものだと自画自賛し、そのご褒美《ほうび》にもう一本ワインをカゴに入れた。

三本で二千円もしない買い物だった。私にとって安くはない出費だが、自分への投資だと思えば惜しくはなかった。

帰宅すると、さっそく三本のワインを台所のテーブルに並べた。

我が家にボトルのワイン。なぜか、また少し興奮した。

バッグから、天間支配人にもらったソムリエナイフを取り出す。

それを握りしめ、ヨシと気合を入れる。

お店でやるように、テーブルの上のボトルを立ったまま押さえた。

天間支配人に教えられた時よりも力を込めて、キャップシールにナイフを半回転ずつ、くるり、くるりと走らせる。そのまま縦に切れ目を入れて持ち上げると、きれいにぱかりとキャップシールの上半分が持ち上がった。

これだ、と思った。さっきの私は、ビクビクして力が入っていなかった。だから、ノコギリのように何往復もさせないといけなかったのだ。

キャップの下から出てきたのは、天然のコルクではなくゴムのようなコルクだった。安いワインだから仕方ないのかもしれないが、少しがっかりした。

スクリューの先を押し当てたが、硬くてなかなか入っていかない。力を込めて何とかねじ込み、フックをボトルの縁に引っ掛けた。しかし、コルクはボトルをしっかりと塞《ふさ》いでいて、いくら力を入れてもなかなか持ち上がってくれなかった。

私は渾身《こんしん》の力を込めて、持ち手を引っ張った。

ようやく少し持ち上がり、さらに力を込める。

天間支配人に笑われたように、今回もポンと音を立てて、勢いよく栓が抜けた。

私は大きく息をついた。

きっと顔は真っ赤だ。手のひらには、ソムリエナイフの食い込んだあとがしっかりと残り、ジンジンと熱を持っていた。これではとてもお客様の横でできるはずがない。

二本目のワインを引き寄せる。ボトルによって、キャップシールにナイフを入れる位置も、手ごたえも違う。当たり前のことにようやく気が付く。

次のワインはまた違ったタイプのコルクだった。オオルリ亭で見た天然コルクとも違う。こちらは柔らかな感触で、面白いほどたやすくスクリューが埋まっていく。そう力を入れずに、ゆるゆる持ち上げるだけでコルクは抜けた。

面白かった。もっともっと開けたくなって、最後の一本も抜栓した。

久しぶりに、心から楽しいと思った。


「さっそく練習したのですか」

天間支配人の驚いた顔に、私は嬉しくなった。

「せっかくソムリエナイフをいただいたので。でも、いろんなコルクがあって驚きました」

つたない感想だ。でも、私にとっては初めて経験し、発見したことだった。つい話したくなってしまうのも仕方ない。

「抜きづらかったというコルクは、シリコンなどの樹脂素材のものです。密閉度が高くて、確かにきつい気がします。柔らかかったのは、粒にした天然コルクを固めたものでしょう。これらは天然コルクよりも低価格なので、スーパーなどで流通するワインには多いですから」

ひとつ質問すれば、天間支配人の口からは蓄積された知識が溢れ出してくる。

「ワインによって様々だということです。天然コルクにしても、長期熟成されたワインでは状態が悪く、グズグズになっている場合もある。長さも色々あります。短いコルクをスクリューで貫通させてしまうと、かけらがワインに落ちてしまいます。ワインは中身だけでなく、ボトルやコルクもすべて個性なんです」

「見極めが大切なんですね」

「とにかくたくさん開けることです。興味を持てばもっと楽しくなります」

支配人はバーカウンターの床に積まれたワインの木箱を示した。中には、ワイン関係の本や雑誌が詰まっていた。

「僕も、先輩たちも読んだ本です。必要なら、持って行っても構いませんよ」

ワインの抜栓は私にとって大きな契機となった。

やってみれば自分の弱点が分かる。何かしら疑問に思うことが出てくる。それを調べれば知識になる。知識がないから臆病《おくびょう》になっていたのだ。

『夕子はやればできる子だもんね』

ふと、母の言葉を思い出した。

小中高、私の成績は悪くなかった。むしろ学年ではいつも上位に入っていた。

けれど、頭がいいわけではないことはよく分かっていた。単に暗記が得意だったのだ。

英語の構文、数学の公式、歴史年表。根気だけはあったので、とにかくひたすら覚えこんだ。成績がよければ自分も嬉しいし、両親も喜んでくれる。

そのために、睡眠時間を削って何度も教科書を読み返した。

きっと同じだ。覚えられないメニューも、ワインリストも、その下に小さく記載されている説明ごと覚えこめば、臆《おく》することなくお客様とも調理場のスタッフとも接することができる気がした。何事も勉強が必要なのだ。

いよいよゴールデンウィーク目前となった。

商業施設に入る洋食オオルリ亭に限らず、ここ渋谷店でもその忙しさは普段の週末の比ではないという。

当麻さんから「新入社員はこれで洗礼を受けるんだ。乗り越えられるかどうかで、その先の人生が決まると言っても過言ではない」と脅《おど》かされ、私はその日が来るのが恐ろしかった。

唯一の救いは、ゴールデンウィーク中もディナータイムはバーカウンターにいていいということだった。それでも、洗うグラスは相当な数だろうし、ワインを開けられるようになったからと、どんな仕事をさせられるか予想もつかない。

やはり不安だった。初めて経験することは、いつだって恐ろしいのだ。

仕事を終え、家に帰ると珍しく台所のテーブルに颯馬がいた。テーブルにはワインのボトルがある。私が開けたまま、何本も冷蔵庫に入れていたのを飲んでいたらしい。

「颯馬、ワインなんて飲むんだ」

私を避けるように四畳半に戻ろうとした颯馬に声をかけた。

「冷蔵庫に何本も入っていて、邪魔なんだよ。飲まないなら、こんなに開けるなよ」

棘のある口調にいらっとして、私も言い返した。

「仕事のために練習しなきゃいけないんだから、仕方ないでしょ」

この言い方が癇《かん》に障ったらしい。

「自分ばっかり頑張っている気になるなよ」

「何、その言い方。文句があるなら、実家に帰ればいいじゃない。ゴールデンウィークって言っても、どうせ予定も、遊んでくれる友達もないんでしょ？　だったら帰ってよ。いないほうがせいせいする。部屋にこもって、出て来ても文句ばっかり言って、私だって仕事で疲れているんだよ。イライラさせないで」

颯馬が実家の旅館を避けているのはよく分かっている。

雄二おじさんが段取りを整えてくれた四十九日の法要も、颯馬は絶対に帰らないと言い張り、私は頼子おばさんと二人で参列した。

「うるさいな。そっちこそイライラさせんなよ。実家なんて絶対に帰らない」

「一周忌も帰らないつもり？」

「帰らない」

「いつまで目を逸《そ》らしてんのよ。家に帰って、お父さんやお母さんがいないのを実感するのがそんなに怖いの？　ばかみたい。今もあの旅館では、二人とも元気で働いているとでも思い込もうとしてんの？　今はね、雄二おじさんがやってくれているんだよ。颯馬が大学を卒業したら戻ってくるかもしれないって、おじさんは守ってくれているの」

颯馬の顔が大きくゆがんだ。

「俺、卒業しても帰るつもりなんてないから」

「だったら、どうすんのよ。こっちで就職活動するの？　大学を卒業したらどうするか、話し合うことになっているでしょう？　初めから帰る気がないなら、今からちゃんとおじさんに説明しなさいよ」

「関係ないだろ」

「関係ないはずないじゃないの。颯馬が継ぐはずだったんだよ？　自分の家だったんだよ？　そんな無責任なことを言って、お父さんとお母さんがかわいそうだって思わないの？」

私はわざと颯馬が嫌がることを言った。

仕事帰りで疲れている上、明日からの連休を思うと気が重い。

私は自分のいら立ちを颯馬にぶつけていた。

どうして家族だと、こんなに容赦ない言葉が放てるのだろう。

何を言われれば一番傷つくか分かっているから、いくらでもひどい言葉が出てくるのだ。

「もういないんだろ。だったらいいじゃないか。旅館だって、そのままおじさんがやればいい」

「だから、それをちゃんと伝えろって言っているの」

「だったら、オマエが言えよ」

出た。オマエ。いつもは姉ちゃんと呼ぶくせに、この言葉が出た時は相当怒っている。

私もこれを聞くと、ますます頭に血が上る。

「知らないよ。だって、颯馬の問題だもん」

「俺にばっかり押し付けようとするなよ。そんなに父さんや母さんが悲しむって言うなら、自分が継げばいいじゃないか」

颯馬は吐き捨てるように言うと、四畳半の扉を勢いよく閉めた。

急に訪れた静けさに、血が上っていた頭が急激に冷えた。

どうして、ケンカの後はこんなにむなしくなるのか。

喉《のど》がカラカラに渇いていた。

私はさっきまで颯馬がいた椅子に座ると、コップに残っていたワインを一気に飲み干した。喉の奥を、やけに酸っぱいような液体が刺激し、気づけば涙が浮かんでいた。

やっぱり心のどこかでは、颯馬が旅館を継いでくれることを望んでいた気がする。生まれ育った場所が、この先も自分の帰る場所であってほしかった。

大学に入学した時、アパートは仮の宿りだと思った。颯馬が来ることになり、広いアパートに引っ越した時もそうだった。しかし、今はここしか帰る場所がない。

立ち上がって、ボトルに残っていたワインをシンクに流した。

だいぶ前に開けたものだった。颯馬の言う通り、冷蔵庫には開けただけで飲んでいないワインが何本も入っている。

そういえば、どうして、颯馬はワインなど飲んでいたのだろう。私と同じで、お酒にどまるで興味がないと思っていた。

シンクのふちに手をついて、ぼんやりと考える。

明日から、ゴールデンウィーク。そこで、はっとした。

今日は四月二十八日。颯馬の二十一歳の誕生日だった。

昨年、颯馬は四月の末から帰省をした。

就職活動を口実に東京に残っていた私は、後になって母から、盛大に颯馬の二十歳の誕生日を祝ったと聞かされた。

『雄二おじさんがケーキを買いに行ってくれて、仲居さんたちも一緒に、それはもう賑《にぎ》やかだったわよ。夕子も帰れればよかったのにね。颯馬ったら、少しのワインですぐに酔っぱらっちゃってね、お父さんが、鍛えなきゃだめだなって』

颯馬は、それを思い出したのだろうか。

今さら、誕生日おめでとうなんて言えるはずもなかった。

私は勝手だ。自分だけが頑張っているつもりになって、東京でさっさと就職し、自分の居場所を確保したのだ。

まだ大学生の颯馬は、これからのことを考えると、不安でたまらないはずだ。もしも悩みを相談できるとしたら、唯一の身内である、姉の私しかいないのに。

情けなくてたまらなくなった。ますます颯馬との距離が離れてしまった気がする。

四月二十九日、今日から世の中はおよそ一週間の長いお休みに入る。

日差しは温かく、朝のテレビ番組は行楽地に向かう人のニュースや、渋滞情報ばかりだった。

洋食オオルリ亭渋谷店でも、メインホールのテーブルは半分以上が予約で埋まっていた。

「十一時半と十二時に予約が集中しています。フリーのお客様も重なる時間ですから、みんなで連携して、スムーズに対応できるようお願いします」

来店時間が集中すれば、ご案内も、オーダーを取るタイミングも、すべてが重なるということだ。

予約ノートを片手に朝礼を行う支配人の話を聞きながら、私の緊張も高まっていく。

いつもの週末とは違う雰囲気に、先輩たちの顔も引き締まって見えた。

天間支配人から告げられたポジションは、一日を通してバーカウンターだった。

「ご案内は僕と伊崎君でしますから、霜鳥さんはロビーでお客様にお待ちいただいてください。当麻君はホールで待機。一通りお客様がテーブルに着いた後は、ドリンク提供の補助をお願いします。そしてお客様の観察です。何かあればすぐに知らせてください」

支配人はさも重大な任務を命じるように言ってくれたが、実際は私をフォローする余裕もないほど忙しいということだ。

開店と同時にお客様がご来店され、あっという間に満席になった。

ご家族連れが多かった。小さな子供を連れた若い夫婦から、高校生くらいの子供とご両親、中には祖父母まで加わった大人数のお客様まである。

これまで、家族でめったに外食をした記憶のない私にとっては驚きだった。

天間支配人に言われたように、動き回る先輩たちの様子、待機の時の立ち位置、お客様のテーブルに向かうタイミングや動線、そしてテーブルのお客様の表情をよく観察しようと顔を上げた。

どのお客様も楽しそうだ。

家族でのお食事会のほか、何かのお祝いをしているテーブルも見える。やっぱりご家族連れだから、誕生日だろうか。高校生くらいのお子様までご一緒なんて、きっと普段から仲がいいのだろう。

初めのうち、微笑《ほほえ》ましくホールのお客様を眺めていた私は、いつしか胸の奥がモヤモヤしていることに気づく。しかし、モヤモヤの理由が分からない。

お客様が笑っているということは、ここでの食事を楽しんでいただけているということだ。それなのに、心の中を冷たい風が吹き抜けるような、この感覚はいったい何だろう。

「お母さん！」

どこかのテーブルで上がった子供の声で、私は突然に理解した。

ああ、そうかと。

家族で食事をする機会なんて、私には二度とないからだ。

そのことに気づいたとたん、指先がすうっと冷たくなるような気がした。

私には、もう父も母もいない。唯一の家族である颯馬ともケンカばかりで、まともな会話すらできていない。私はそれ以降、ホールに目をやることができなくなってしまった。

「霜鳥さん」

棘のある声で名前を呼ばれ、はっと顔を上げた。

カウンターの向こうに、眉をひそめた伊崎主任が立っていた。

「何のために支配人がここに立たせているか分かっているよね。ほら、五番のテーブル、もうすぐお料理が終わる。それくらい気づいて、コーヒーを落としておいてよ。グラス洗いだけがカウンターの仕事じゃないんだからさ。全体を見て、流れをつかむ。コーヒーくらい、気を利かせて落とせるようにならないとダメだよ」

「すみません」

私は慌ててフィルターに挽《ひ》いたコーヒー豆を入れた。

伊崎主任の言い方は厳しいが、本当のことだ。

デザートや食後のお茶でようやくお客様のお食事は終わりとなる。急《せ》かすわけではないが、それがなければお客様が入れ替わることもない。

きれいごとを言っても、これは商売なのだ。できる限りスムーズに運ばなくてはいけないし、スタッフ同士、ポジションが決まっているなら連携しなくてはならないことだった。

何をやっているんだろう。ワインを開けられるようになって、少しずつ仕事の手ごたえを感じていたのに、振り出しに戻ったように自信がなくなってしまう。

この日は、いつもならランチタイムが終わって落ち着く時間になっても、ダラダラと来店が続き、気が付けばディナータイムに入っていた。

先輩たちは交代で休憩を取ったが、私はいつまでもバーの洗い物が片付かず、おまけにすっかり意気消沈していたので、支配人が「どうぞ」と声をかけてくれてもそのままバーカウンターに立ち続けた。

ディナータイムでも、楽しそうな家族連れを見なくてはならないのかと思うと、気が重かった。しかし、ホールの様子をしっかり見ておかないと、また伊崎主任に何を言われるか分からない。

いつしか私の心はずっしりと暗い感情でいっぱいになっている。つまり、仲のよさそうな家族への羨望《せんぼう》だ。そんな気持ちを抱いてしまう自分がみじめでたまらなかった。

ふっと目の前に気配を感じて顔を上げた。てっきり、また先輩たちがグラスを下げてきたのかと思ったが、目の前にいたのは女性だった。先ほど、当麻さんが二番のテーブルにご案内した家族連れのお母さんだ。

「お飲み物のご注文ですか？」

時々、カウンターで食前酒を楽しむお客様もいらっしゃって、そういう時は支配人や伊崎主任がお話の相手をする。しかし、よく見ればすでに二番テーブルにはドリンクが運ばれていた。もっと気の利いたことが言えなかったのかと情けなくなる。

「ああ、違うの。ごめんなさい。娘が来るのよ。さっき渋谷駅に着いたって。だから、ここで待たせてね」

女性はすまなそうに手を合わせた。

きれいな方だ。家族での食事だというのにお化粧もお洋服もばっちり決まっている。

数分と待たずに扉が開き、若い女の子が入ってきた。すぐにカウンターの女性に気づき、

「ママ、ただいま！」と声を上げる。彼女もまた立ち上がり、玄関に駆け寄った。

「おかえり、マユコ」

そのまま軽く抱擁《ほうよう》を交わし、私はびっくりしてしまう。たとえ家族でも、こんな情景を
ドラマ以外で見たのは初めてだった。

私の視線に気づいたのか、女性が少し照れたように笑う。

「この春から京都の大学に行っているの。久しぶりに会うものだから、つい嬉しくてね」

二人は家族が待つテーブルへ向かった。父親と、年の離れた弟も再会を喜ぶかのように
立ち上がって迎え、マユコさんは弟の頭を撫《な》でる。

ゴールデンウィークの帰省なんて珍しくもない。私は必死に自分に言い聞かせる。

そこへ当麻さんがやってきた。さっそくマユコさんから、ドリンクの注文をいただいた
らしい。

「二番テーブルのご家族、月に二、三回は来るお客様だから覚えたほうがいい。娘さんが
家を出ても、こうやって使ってくれるなんてありがたいよな」

当麻さんは、マユコさんの定番だというオレンジジュースを持って、満面の笑みで二番のテーブルに戻っていく。

もう限界だった。

私だって故郷に帰りたい。「おかえり」と抱擁されたい。

両親に会いたくてたまらない。

顔を上げれば、どこも、笑顔、笑顔、笑顔。

これまでせっかく我慢できていたのに、目の前にある幸せそうな笑顔のせいで台無しになる。

こんなはずではなかった。

目の奥がじわじわと熱くなる。私はぐっと奥歯をかみしめる。

泣くな。

自分にそう言い聞かせて、私は黙々とグラスを洗い続けた。

いったい、いくつグラスを洗っただろう。

ナフキンでグラスを磨いていると、いきなり、すっと取り上げられた。驚いて横を見れば、いつの間にか天間支配人が立っていた。

「元気がありませんね。一日中ほったらかしにされて、寂しくなりましたか」

店内はだいぶ落ち着いたようだった。

「……つらくなりました」

「初めてのゴールデンウィークですからね。グラスの量があまりに多くて、疲れたでしょう」

支配人は私から取り上げたグラスを目の高さに掲げ、グラス越しに照明の光を眺めた。

「指紋も曇りも残っていません。きれいに洗えています。ですが、さっきのようにぼんやりしていては、いつかは割ってしまいます」

支配人はシンクよりも一段高いカウンターにグラスを置いた。

「グラス洗いはつらくありません」

「では、何がつらいのか教えてください」

ためらいながらも、支配人のやわらかな声につい甘えてしまう。

「楽しそうなお客様が」

「ここレストランですから」

「ご家族連ればかりです」

羨《うらや》ましいと危うく言いそうになり、口をつぐんだ。

そのまま少し沈黙し、支配人は顔を上げてホールを眺めた。

「僕はここからの眺めが好きです。それぞれのテーブルのお客様が満ち足りた表情で笑っている。この瞬間、このお店にはたくさんの幸せが溢れている。その中に僕はいるんです。お客様の喜びを生み出すお手伝いをしていると思えば、楽しくてたまりません」

「こんなに忙しくても？」

「忙しいから、ますます楽しい。あなたもきっと、楽しめるようになります。お客様と一緒に」

「お客様と一緒に、ですか」

「あなたが選んだワインを、お客様は料理との相性がいいと驚いてくれる。おすすめしたメニューを気に入って、また食べたいと思ってくださる。そういう時、お客様を幸せにしているのは自分だと実感できます。それが僕たちの喜びになる。お客様と一緒に楽しむとは、そういうことだと思います」

まだ私にはイメージがつかめない。

「今、霜鳥さんが磨いているグラス。もし、曇りや指紋が目についたら、お客様は一気に嫌な気持ちになるでしょう？　僕たちも全力でお客様を喜ばせる努力をしなくてはいけないのです」

配属初日、当麻さんからも同じようなことを言われた気がする。つまり、支配人からのうけうりだったということだ。

「あなたの磨いたグラスはどれも曇りがありません。きっと、手を抜かずきっちりと仕事をすることが身についているのでしょう。それは、まぎれもなくあなたの武器になります」

　支配人のように、柄を持って照明にかざしてみた。

　確かに輝いていた。グラスの向こうに見えるお客様は、たおやかなグラスの中で、さっきよりも優しく見える。

　そこで支配人は、ふふっと笑った。

「何がおかしいんですか」

「お客様の表情を見ていたなんて、見込みがあるなと。新入社員時代の当麻君は、グラスを洗うのに必死で、ずっと下ばかり見ていましたからね。そのくせ、何度もグラスを割って、いつも伊崎君がピリピリしていました。あんなにお客様の前に出るのを怖がっていた当麻君も、ほら、御覧なさい。今ではあんなに楽しそうにお客様とお話ししています」

　二番テーブルのご家族の横で、当麻さんはワゴンにのせたデザートの説明をしていた。大の甘党を自称する当麻さんは、マユコさんに牧田料理長の自信作、苺《いちご》のテリーヌを嬉々《きき》としておすすめしている。

「初めての世界に飛び込んだのです。できないのも、自信をなくすのも当然です。ずっと続けていく仕事ならば、そこに楽しみがなければつまらないでしょう？　これから、ゆっくりと見つけていけばいいんです。そうするうちに、おのずと目標も見えてくるはずです」

　確かに私は焦りすぎていたのかもしれない。

早く先輩たちのようにできるようにならなくてはと思うばかりだった。

レストランは、誰もを幸せな気持ちにしなくてはならない。頭では理解していても、私の心の準備が整っていなかったのだ。

それが分かっただけで、少し肩の力が抜けた。

「今はただ、夢中になりなさい。抱えているものがあるなら、それを忘れられるくらい熱中できるものを持ちなさい。無理にでも笑っていれば、本当に楽しくなるものですから」

「支配人も、そうやって目標を見つけたんですか？」

「目標かどうかは、分かりません。ただ、こうしていると楽しい。自分が、お客様と接する仕事が好きだということは確信できました」

「ずっと続けてください。私も、頑張りますから」

支配人と、そして先輩たちと一緒に。

今、私がどこよりも、誰よりも長く同じ時間を過ごすのは、このお店と、そこにいる彼らなのだから。

営業終了後、当麻さんがバーカウンターに手伝いに来た。

「ホント、忙しかった。これがまだ何日も続くのかと思うと、ゴールデンウィークって地獄だよなあ」

「その割に、楽しそうでしたよ」

「お前も、早く俺たちみたいにお客様にちゃんとサービスしたいだろ」

「したい気もしますが、まだ怖いので、もうしばらくグラス磨きでいいです」

「向上心がないなぁ」

当麻さんが笑い、私も笑った。

伊崎主任がレジを締め、天間支配人は予約ノートを開いて、翌日のテーブル配置を考えている。

予約ノートをぱたんと閉じた支配人が、私たちをぐるりと見渡して、にっこりと笑った。

「みなさん、ゴールデンウィークの初日、お疲れ様でした。これから決起集会でもしましょうか」

当麻さんはぎょっとした顔をすると、こっそり私に耳打ちした。

「いつも妙なタイミングで誘うんだよ。どうせなら、連休を乗り越えた後にお疲れ様ってやりたいだろ？　支配人は、ああやって自分を鼓舞しているんだろうな」

「俺、飼い猫が風邪《かぜ》気味なので、せっかくですが……」

レジを締め終えた伊崎主任が、逃げるように更衣室へ向かう。

当麻さんも遅れをとるまいと、「霜鳥、支配人がかわいそうだから、お前が犠牲になれ」と小声で命じて、さっとカウンターを出た。

「俺も、明日は早番なので失礼します！」

ぺこりと頭を下げる当麻さんに、支配人は「残念ですね」と呟《つぶや》いた。


支配人に連れて行かれたのは、以前、伊崎主任と当麻さんを見かけた中華料理店だった。ラストオーダーギリギリだったようだが、店主は気前よく笑ってカウンターを示してくれた。人気店のようで、狭いカウンターはほとんど埋まっている。

天間支配人は瓶ビールを頼むと、私のグラスに注いでくれた。

「一日の終わりに同僚と飲むビールはなかなかですよ。社会人になったのだから、それを経験しない手はありません」

支配人は私の分も勝手に煮干しラーメンを注文する。

「きっと、霜鳥さんのご家族は仲が良かったのでしょうね」

ふいに支配人が言った。

「さっきのことです。家族連れの楽しそうな姿ばかり見て、寂しくなったんでしょう？」

やっぱり支配人は鋭い。

でも、少しだけ違うのだ。

「……弟とはケンカばかりですし、家族でレストランなんて行ったこともありません。私が見ていたのは、きっと憧《あこが》れていた家族の姿です。もちろん、もう両親はいないという寂しさはありますが、あんなふうに仲良く食事をしてみたかったなって……」

「霜鳥さんでも、ケンカなんてするんですね」

「しょっちゅうです。支配人は、お兄さんと仲が良かったですか？」

支配人は少し考えた。考えながら、ほとんど減っていない私のグラスにビールを注ぎ足した。

「苦手でした。田舎で家業があれば、どうしても長男は跡取りとして大切にされます。ずっと不公平だと思って育ちましたから、早く故郷を離れたくて仕方なかったんです」

「支配人でも、誰かに対して苦手だと思ったりするんですね」

なぜか、少し安心した。

どこにでも、家族とはいえ溝がある。

ケンカになると、あれだけひどいことを言えるのに、大切な人だから、後になって心が痛む。血が繋がっているから、無責任なことを言うこともできない。

「僕だって苦手な相手はいます。お店ですべてのお客様に優しくできるのは、そこだけで完結する関係だからかもしれません。接客業、特に客席の人間は、誰もが『演じている』部分があると思うんです。僕にとっては、『演じる』こともまた、楽しみのひとつです」

私は茫然と支配人を見つめた。

天間支配人は、自分のグラスをもてあそびながらにっこりと笑っていた。

中華屋の狭い店内は、にぎやかな笑いと、大鍋からの蒸気でぬくぬくと心地よい。

ここには活気が満ち満ちている。

お店にいては、仕事以外の話は何となく気が引ける。勤務時間中ならなおさらだ。

だからこそ、支配人は今夜、私を誘ってくれたのだと思う。先輩たちに振られることを十分に確信した上で。

「仕事の後の一杯もいいものでしょう。職場から解放されて、心の内を吐露しながらも、明日はまた平然と仕事に励む。それが社会人のたしなみというものです」

支配人の温かな心に、気づけば笑顔になっていた。

「ところで支配人、当麻さんは、バーカウンターを脱出するまで、どのくらいかかりましたか？」

「そうですね、丸三か月はバーカウンターにいたでしょうか」

「私、絶対に当麻さんよりも早く脱出してみせます！」

不思議だ。さっきまでの気持ちが嘘《うそ》のように、今では声を上げて笑っている。

たった一本の瓶ビールで、心の中のモヤモヤがきれいに洗い流された気がする。

つらいと思った職場にも、なぜかやる気が沸き起こる。

隣を見れば、店ではいつも背筋をピンと伸ばした天間支配人が、ネクタイを押さえながら背中を丸めてラーメンをすすっていた。

第三話　夕焼けの条件

いつもより早くセットしたアラームを止めて、布団から抜け出した。

耳を澄ましたが、隣の部屋はまだしんと静まり返り、聞こえるのは小鳥のさえずりだけだ。そっとカーテンをめくれば、目の前の電線にスズメが二羽、仲がよさそうにとまっていた。

静かに、素早く身支度を整えて家を出る。颯馬と台所で鉢合わせをせずにすんだと、階段を下りながらほっと息をつく。

私たち新入社員は、店舗に配属されたとはいえ、六月末日までが研修期間だった。七月一日の今日、銀座の本店に召集され、ようやく研修の終わりを告げられて、正社員として認められることになっている。

式典は入社式や配属式と同じように、本店ビルの二階にある開店前の洋食オオルリ亭で行われるため、私はいつもよりかなり早くに家を出たのだ。

亀戸駅近くのカフェに入ると、歩道に面したカウンター席に座り、熱いミルクティーをすすった。

ふっと目の前の歩道を黒いリュックを背負った颯馬が通り過ぎ、慌てて大きなマグカップで顔を隠す。颯馬はまっすぐ前を向いていて、私に気づいた様子もない。

いつまでお互いを避けるような生活を続けるのだろう。

気にしないでいられる性格ならいいのだが、私はそうではない。颯馬が私を避けていることに傷ついてしまう。もっと普通に接したいのに、颯馬が分厚い壁を作る。

気を取り直してミルクティーを飲み干し、カフェを出た。

朝から日差しが強い。駅のホームに立つと、カフェの強すぎる冷房で凍えたはずの体にも、うっすらと汗がにじんだ。

通勤や通学の人々で溢《あふ》れかえった総武線に無理やり体を割り込ませる。

これから一日が始まるというのに、満員の電車には、ただ疲弊感だけが詰め込まれているようだ。この人たちもみんな、仕事や学業、それとは別にいろんな悩みを抱えているんだろうなと思うと、密度の濃い空気になぜか慰められる気がした。


銀座の本店を訪れたのは、四月の配属式以来なのでおよそ三か月ぶりだ。

日々渋谷店に通っているせいか、ここが自分の会社だという実感があまりない。

ただ、入社後の集合研修を一緒に経験した同期に会えるのが嬉《うれ》しかった。

お互いに時々スマートフォンでのやりとりはしているが、実際に会うのはやはり三か月ぶりだ。たまに同期たちの弱気な呟《つぶや》きを目にするたび、慣れない職場で四苦八苦しているのは誰《だれ》もが同じだと、同情したり、安心したり、自然と心が慰められていた。

久しぶりに会う同期たちは、少しだけ以前とは違って見える。

本店に配属されている秋嶋《あきしま》君と尾形《おがた》さんはすっかりホームグラウンドの風格を見せ、支店の同期たちはどこか落ち着かなげにソワソワしている。

「東京駅店の八坂君、辞めちゃったんだって。駅の中のお店って、驚異的に忙しいらしいよ。先輩たちも始終ピリピリしていて、精神的に潰《つぶ》れちゃったみたい。ある日、突然連絡が取れなくなって、その後、辞めますって本社に電話があったみたい」

こっそり教えてくれたのは、研修中一番仲がよくなった豊洲店の小暮《こぐれ》さんだ。

同じ東京駅店に配属された五十嵐《いがらし》さんは、この件にはノーコメントなのか、じっと押し黙っている。研修中は始終にこにこしていた印象があるが、今は疲れたように表情がなく、明らかに以前よりも痩《や》せていた。

「おう、みんな、元気にやっていたか」

大きな声でのしのしと現れたのは、人事総務部の千早部長だ。

口元に笑みを浮かべて、一名減って九名になった新入社員を、端《はし》から順にゆっくりと眺める。

「いい顔つきになってきたな。三か月前のフニャフニャした表情がなくなって、姿勢もよくなっている。どうだ、店で、お客様や先輩たちにみっちり鍛えられただろう」

確かにそうだ。はっきりと言葉にして指導されたというより、先輩やお客様の態度で、これは違うと気づかされることも多かった。

それを重ねることで、少しずつやり方が分かってきた気がする。私たちを育ててくれているのは、お客様なのだ。

「最初に打ちのめされたのは、ゴールデンウィークだろうな。あれでたいていが、仕事のできない自分にがっかりする。体力的にも疲れ果てる。だが、そこでダメな自分に気づいた者たちは、その後の一か月できっと努力をしたはずだ。今日、ここに集まっている君たちは、そういう者だと俺《おれ》は信じている」

横で小暮さんが頷《うなず》いていた。

私もここ数か月の自分を思い出し、少し胸が熱くなっていた。

「それぞれの店の支配人からも、君たちが頑張っているって、ちゃんと報告が入っているぞ。いよいよ研修期間も終わって、晴れて準社員から正社員だ。店に戻ったら、自信をもってまた頑張ってほしい」

千早部長は、「今日はめでたい日だからな」と、首元の真っ赤なネクタイを誇らしげに示した。今日もまた派手なネクタイをしていると思ったら、お祝いのつもりだったらしい。

私たちは一人ずつ呼ばれて、おそろいのネクタイを支給された。このネクタイは、毎年千早部長自ら、その年の新入社員のイメージで選んでくれるという。

ようやく私も、蝶《ちょう》ネクタイではなく、憧《あこが》れのネクタイを締めることができる。それだけで、心が浮き立った。

オオルリ亭は、制服は決まっているが、ネクタイだけは自由だ。

伊崎主任も当麻さんも、自分の個性を示すかのように、毎日違ったネクタイに変えている。それがずっと羨《うらや》ましかった。

千早部長が選んでくれたネクタイは、店名のもとになった野鳥オオルリのような、鮮やかな深いブルーだった。

渋谷店に到着したのは、ランチタイムの直前だった。

お客様がいないのを確認して、正面の玄関から店内に入る。

「お、正社員さんのお帰りだ！　おめでとう、霜鳥」

すっかり私を妹分扱いするようになった当麻さんが、目ざとく見つけて声を上げた。

パートさんや調理場のスタッフからも「おめでとう」と声をかけられて、何やら気恥ずかしい。

照れ笑いで緩んだ顔をぐっと引き締め、「まだまだですが、これからもよろしくお願いします！」と先輩たちに向かって、深々と頭を下げた。

つい昨日まで、何かあれば、天間支配人や牧田料理長、先輩たちに助けを求めていた。正社員になったと言っても、私はこれまでと何も変わらないのに、みんなが祝福してくれていることが嬉しかった。

「ねぇねぇ、今年のネクタイはどんな柄？　毎年、本社の人が選んでくれるのよねぇ」

ベテランパートの馬淵《まぶち》さんが寄ってきた。近くにお住まいの馬淵さんは支配人よりも長くこの店にいる、上品で気さくなマダムだ。

細身の彼女には白いシャツと黒い蝶ネクタイがよく似合うが、童顔の私にはどこかこっけいに見えてしまい、それもあって早くネクタイを締めたかった。

鮮やかなブルーのネクタイを取り出すと、当麻さんも興味津々で寄ってきた。

「なかなかセンスいいじゃん。俺の時はこれ。ちょうど、今日してきたんだ」

当麻さんのネクタイは、濃いグレー地のちょうど真ん中に、ワンポイントでブルーの小鳥の刺繍《ししゅう》があった。こちらも素敵だ。

「伊崎主任の時なんて、小鳥柄がびっしり入った派手なネクタイで、だいぶ不評だったらしいよ。年々、千早部長も学習しているんだ。あの人、そもそも自分のネクタイもセンスないもんなぁ」

「当麻君、おしゃべりはおしまいです」

バックヤードから天間支配人が出てきて、当麻さんは慌てて玄関の扉の外に出る。

アプローチの上の真鍮《しんちゅう》のプレートを「open」に変えるのだ。

「お帰りなさい。本店はどうでしたか。久しぶりに同期に会うのもいいものでしょう」

天間支配人はにっこりと笑い、私の背中を押した。

「さぁ、早くネクタイを締めた姿を見せてください」

私はいつものように白いシャツと黒いパンツを身に着ける。

ネクタイを取り出すと、つい顔がにやけた。しばらくの間、スルスルとした手触りをうっとりと確かめる。

ようやく鏡に向かって襟の下に通し、はたと手が止まった。

結び方が分からなかったのだ。

「そうですよね、女性ですし、ネクタイの締め方なんて知りませんよね」

「すみません。高校の制服もリボンだったので……」

数分後、私は天間支配人と向かい合って、ネクタイを締めてもらっていた。

一度結ぶと、すぐにほどいて、自分でやってみるように言われる。すぐ近くに天間支配人の顔があって、むやみに緊張してしまう。

ふいに、子供の時、父親にスニーカーの紐《ひも》の結び方を教えてもらったことを思い出した。

上がり框《がまち》に座った私の足元に、父親がしゃがみこんでいた。あの時も、すぐ目の前に父親の頭があった。

不器用だった私は、なかなか靴紐が結べなかった。最後は父親もイライラしてケンカになり、悔しくて私は泣いた。

父は気が短かった。そして、私はやっぱり今も不器用だ。

「違います、重ね方が逆です」

支配人の声に、はっと我に返る。

ぼんやりしていたら、思わず「お父さん」と呼んでしまいそうだ。もしかして、支配人もイライラしているのだろうか。焦ってしまい、ますます指先がおぼつかなくなる。

「えっと、こうやって巻き付けて……」

「そこが、逆なんです」

天間支配人は私の横に移動して、同じ方向からもう一度結び方を示してくれる。

それを何度か繰り返し、ようやく結ぶことができた。

もう一度正面に回った支配人が形を整えてくれ、満足したように頷いた。

「なかなか似合いますね。千早さんのセンスも、年々磨かれているようです」

当麻さんと同じようなことを言うので、思わず笑ってしまった。

「あとは自分で練習してみてください。霜鳥さんの自主練はすっかり有名ですから」

褒《ほ》めているのか茶化しているのか、分かりにくい言葉で微笑《ほほえ》んだ支配人は、牧田料理長に私の分の賄いをお願いしてくれると、お客様のいるホールへと出ていった。

支配人にイライラした様子はまったく感じられず、どこまでも揺らぎのない穏やかさに改めて感嘆した。

お客様のオーダーを調理する傍ら、牧田料理長はさっとナポリタンを作ってくれて、洗い場のほうから差し出した。

「ようやく一人前だな」

まだ迷惑しかかけたことのない料理長にも「似合うぞ」と言われ、嬉しいような恥ずかしいような気持ちでお礼を言う。

私は牧田料理長の料理が好きだ。

少し濃いめの味は、レストランの味というよりも、私がこれまで食べてきた家庭の味を思い出させる。だからこそ、しっくりとなじむ気がした。

バックヤードの作業台で、立ったままパスタを口に運ぶ。

濃いトマトソースの味に、配属式の後に食べたオムライスを思い出した。

それは、私の家族の思い出に繋《つな》がっている。

やっと正式に社員になれたよ。

じわじわと喜びが込み上げて、そっとネクタイの結び目に触れた。

千早部長が言ったとおり、ゴールデンウィークではさんざんな目にあった。

初日に家族団らんの姿に打ちのめされ、天間支配人に励まされたのはまだ序の口だった。

翌日からはますます忙しくなり、私もカウンターでグラスを磨いているだけというわけにはいかなくなった。

「霜鳥さん、こちらへ来て、三番のクロスを替えてください」

お客様のお帰りになったテーブルを片付け、クロスを交換して、カトラリーやグラスを並べる。すぐに新しいお客様を支配人がご案内する。

「コーヒーが用意できたら、五番のテーブルにお出ししてください」

天間支配人は風のようにバーカウンターにやってきては、素早く私に指示を出して、また風のように去っていく。

気づけば、私は支配人や先輩たちの流れの中に組み込まれていた。

ごく自然に、支配人はそうなるように指示を出してくれていたのだ。

もちろん、確実に私ができることだけだ。

連休前、私が当麻さんと行動するうちに身につけたスキルを、支配人はきちんと把握してくれていた。

しかし、一度ホールに出れば、お客様にとってはベテランも新入社員も関係ない。

ふいに呼び止められたり、追加のワインを注文されたりして、その都度うろたえる。

中にはまったく答えられない質問もあって、自分の無力さを実感させられた。

「霜鳥さん、八番のお客様に何を訊《き》かれていたの？」

コーヒーを出した帰りに呼び止められた私を、目ざとく見ていた伊崎主任がバーカウンターまで追いかけて来た時は、また何かやってしまったかと足がすくんだ。

「お料理のソースに、乳製品が使われているかと訊かれました」

ゴールデンウィーク限定のメニューへの質問だった。

朝礼で、牧田料理長がこの店の料理の中では珍しく、バターなどの乳製品を使っていない料理だと説明してくれたのを覚えていたので助かった。

「答えられる質問でよかったけど、確信のないことを適当に答えたらだめだよ。アレルギーのあるお客様もいるし、ここは外国のお客様も多いだろ？　宗教上、食べられない食材がある方や、ビーガンの方に質問されることもある。そういう時は、必ず料理長に確認して」

やはりお客様と接することは怖い。

今でもたびたびそう思ってしまう。

しかし、お客様と接しなくては、対応の判断に慣れることもない。

忙しい日々はダメな自分を自覚しながら、苦手なものに立ち向かうことも必要だと気づかされる期間でもあった。

結果的に、ゴールデンウィーク明けには、私も平日の夜はバーカウンターを出て、当麻さんについてテーブルを回るようになった。

バーカウンターでは、メインホールの状況や、お客様の表情を眺めることはできたが、会話までは聞き取れない。ホールに出たことで、お客様同士の会話や、先輩たちとお客様との会話を聞くことができたのは大きかった。

ランチタイムとは違い、ディナータイムのほうがお客様もゆっくりとお食事を楽しみ、滞在時間も長い。その分、スタッフとの会話も多くなる。

お客様がどういう要求や質問をし、支配人や先輩たちがどう答えるか、それを聞いているだけで、私の知識も格段に増えていった。

私の制服がネクタイに変わって一週間ほど経《た》った日のことだった。その日は、朝から大粒の雨が東京の街に叩《たた》きつけていた。

渋谷駅からお店まで歩くだけでも、靴下までびっしょりになり、更衣室で着替えながら憂鬱《ゆううつ》なため息をもらす。

今日の早番は当麻さんと二人だ。

たいてい、平日は馬淵さんが出勤してくれているのだが、今日はマダム仲間と都心に新しくオープンしたレストランでランチ会だとお休みだった。

やはり靴下までびっしょりになったという当麻さんは、素足のまま革靴を履くのは嫌だからと、庭のウッドデッキを掃除する時に履くビーチサンダルをつっかけて掃除機をかけている。ネクタイを締めた制服姿とはあまりにもアンバランスだ。

「おい、誰だよ、これ」

調理場のオーブンの前に干された靴下に気づいた牧田料理長が怒鳴り声を上げ、当麻さんは慌てて回収した靴下を、今度は熱を持った洗浄機の上に移動させる。

どちらにせよ、怒られることに変わりはなさそうだ。

「こんな日は、どんなにしっかり準備したってお客さんは少ないんだよ。そこが駅の中とか、商業施設に入る店とは違って、住宅街の戸建て店舗の弱点だよなぁ」

日々の売上は本社に報告され、翌朝には各店のパソコンから全店の売上を閲覧《えつらん》できる。どこの店にもライバルとして意識している支店があり、そこに勝ったかどうかでモチベーションも変わる。

ここ渋谷店は、商業施設に入る支店に比べるとテーブル数がずっと少ない。

先輩たちは、同規模である本店の洋食店の売上をいつも気にしていた。

「本店は外れとはいえ銀座。さすがに今日は敵《かな》わないだろうな」

当麻さんは本店にいる同期と、日々売上を競っているらしい。

平日とはいえ、確かに今日は予約もない。

私は真っ白なクロスに銀色に輝くカトラリーをセットし、折りたたんだナフキンを置いていく。もし少しでも曲がっていたら、伊崎主任が目ざとく見つけて、すぐに注意される。きっと、あの完璧《かんぺき》さが必要なのだろうと思う。その伊崎主任は、今日は休日だ。

当麻さんが掃除機をかけたはずの床にパンくずを見つけ、私は黙って拾い上げた。

さっさと掃除機を片付けた当麻さんは、今度は玄関扉のノブや手すりを磨いている。

まだまだですね、と私は心の中で苦笑した。

そのまま視線を動かして、何となく窓の外を見た。夕方のように薄暗く、大きな窓には雨が伝って、庭に植えられたオリーブの木が歪《ゆが》んで見える。

こんな日だったのかな、と思う。

五月の半ば、私は両親の一周忌のために帰省をした。

今も雄二おじさんが実家の仏事をきちんと取り仕切ってくれている。私と颯馬ではとても頭が回らないし、そもそも故郷から遠く離れた東京にいる。

叔父は言ってくれた。「夕子ちゃんと颯馬が嫌でなければ、そういうことは、全部任せてほしい」と。

その言葉にも、私と颯馬への気遣いが感じられて、心からありがたいと思った。

しかし、せっかく叔父が段取りを整えてくれた一周忌に颯馬は出席しないと言い張り、またしても大ゲンカになった。

出発の直前まで、無理にでも颯馬を連れて行こうとしていた私は、頼子おばさんになだめられて、怒りに震える体をＳＵＶに押し込んだ。

関越道《かんえつどう》に入り、流れる景色を見ているうちに、ああ、まるで事故の知らせを受けて、急いで戻った時みたいだなと思った。ようやく、帰りたくないと言い続ける颯馬の気持ちが少し分かった気がした。

どんなに時間が流れ、日々の暮らしに忙殺されていても、両親の記憶は一年前で止まっている。ふと思い出せば、まるで昨日のことのように、あの時の痛みも近くに感じてしまう。

頼子おばさんは、サービスエリアのたびに車を止めた。雄二おじさんや旅館の従業員へのお土産《みやげ》を買ったり、私にもコーヒーや、土地の名物を買ってくれたりして、ドライブ気分を盛り上げてくれたのだ。そのおかげで、旅館に着く頃《ころ》にはすっかり私の怒りも収まっていた。

その夜、私は叔父に事故のことを詳しく知りたいと頼んだ。

一年の間、両親の事故について訊けないままだった。いつものように、日本海に近い市場に買い物に出た時の事故、教えられていたのはそれだけだ。

私にとっても、何度も通ってきた道である。事故現場を知れば、生々しくその時の光景を想像してしまいそうで、恐ろしかったのだ。

雄二おじさんの話は、私にとって意外だった。

私はてっきり、交通量の多い国道で事故を起こしたと思い込んでいた。しかし、実際に事故が起きたのは、走り慣れた、旅館に向かう山道に入ってからだったのだ。

朝から激しく雨の降る日だった。父の車は、どうやら飛び出してきたタヌキをよけようとしてスリップしたらしく、ガードレールを破って沢に転落した。

たまたま後ろを走っていた、同じ町の米屋のおじさんが腰を抜かすほどびっくりして、すぐに通報してくれたそうだ。

救いようがなかったのは、タヌキもまた道路の端で死んでいたことだった。

「雨の日なんて、タヌキもどこかで身を潜《ひそ》めているもんだけどね、運が悪かったとしか、言いようがない」

誰もがそう言った。本当に運が悪い。せめて、タヌキだけでも助かっていれば。

あの日、東京はよく晴れていた。けれど、故郷は土砂降りだったのだ。

やはり、遠い。

だからだろうか、厚い雲で光が遮られた雨降りの日は、どうにも暗い気分になる。

朝からの雨は降り続き、案の定、ランチタイムになってもお客様は少ない。

天間支配人は玄関に近いバーカウンターの端を机にして、伝票整理などの事務仕事に専念している。

　まばらにお客様が座ったメインホールを見ているのは、私と当麻さんの二人だった。

　ずっと当麻さんの後ろをついて回っていた私も、この頃は一人でお客様のテーブルに行くことを許され、緊張しながらも注文を受けるようになった。

　お客様と話をする機会が増えると、次第に常連様の顔も覚えられるようになっていく。眺めているだけだった時とは、心に残る印象も大きく違っていた。

　雨は一向に止《や》む気配を見せない。

　こんな日はお客様も外に出るのが嫌なのか、どのテーブルのお客様も、いつも以上にゆっくりとくつろいでいる。

　もっとも、新たな来客も期待できないので、こうしてお客様の姿があるだけで、店内が閑散とした雰囲気にならないのはありがたいと思う。

　それでも何組かのお客様が帰り始めた頃、一人の女性が来店された。

　濡《ぬ》れた傘を支配人に預け、当麻さんに案内されてきたのは、常連のお客様、塩谷《しおや》さんだった。お年は八十歳に近いというが、色白の肌はハリもあって、とてもそうは見えない。

　当麻さんは、塩谷さんのお気に入りである窓側の四番テーブルにご案内した。

　実を言うと、私は塩谷さんが少し苦手だ。

　決して塩谷さんが、たちの悪いお客様だというわけではない。

いつもきちんとした身なりで、上品な雰囲気。かといって気取っているわけではなく、スタッフとも気さくにお話をしてくれる。しかし、どうしても苦手なのだ。

「お決まりですか」

塩谷さんがメニューから目を上げるのに気づき、テーブルに近づいて声をかけた。

「ええ。いつもよく気づくわね」

「ありがとうございます」

先輩たちも支配人も、このお店のスタッフなら誰でもできることに、塩谷さんは毎回感心してくれる。

ただ、あまりに構えすぎて、待ちかねたように声をかけるのはよくない。

つい先日も当麻さんに叱《しか》られたばかりだった。

その時の私は、注文の決まりそうなお客様の後ろで、今か今かと待っていた。そして、お客様が顔を上げるのとほぼ同時に、「お伺いします」と声をかけたのだ。

お客様は、驚いて身をすくめ、それから、当惑したような顔で私を見た。

注文を取って調理場に通しに行くと、呆《あき》れた当麻さんに注意された。

「それじゃ、まるでストーカーだ」と。

少し離れた所から見守る。

気配を察して、すっと歩み寄る。

これがスマートなサービスの姿勢らしい。

たとえるなら、砂場で遊ぶ我が子を少し離れたベンチで見守る母親だ。よけいな手出しはせず、子供の好奇心のかぎり思いっきり遊ばせる。しかし、転んだ時には素早く駆けつけ、助け起こす。そういう、母の愛情のような気持ちが必要だと教えてくれたのは、天間支配人だったそうだ。

「常に何かしてあげたい。助けてあげたい。こう思うことが、接客の基本です」

私も天間支配人からそう聞いたことがある。天間支配人の人柄が伝わってくるような言葉である。接客業でなくても、常に拠《よ》り所《どころ》として大切にしたいと思った。

塩谷さんは広げたメニューの海老《えび》グラタンを指さし、私は「かしこまりました」と伝票に書き留めた。

実を言うと、塩谷さんの顔を見た時から海老グラタンを注文することは分かっていた。食後には必ずミルクティー。もう何年もそうだという。

半オープンキッチンの調理場からも塩谷さんの姿は見えただろうから、牧田料理長もすでに海老グラタンの準備を始めているはずだ。

けれど、こうして注文を受けるのは、それがお客様と私たちの約束ごとだからだ。お決まりのやりとりを終えた塩谷さんは、私をまじまじと見つめた。

「ネクタイ、よく似合っているわよ」

あまりにも唐突だ。でも嬉しくて、思いっきり頬《ほお》が緩んだ。

「ありがとうございます。ようやく研修期間が終わったんです」

「おめでとう」

塩谷さんもにっこりと微笑んでくれた。

私たちがお客様をよく見ているように、私たちも、自分で想像するよりもずっとお客様に見られている。嬉しい反面、気が抜けない。

でも、伊崎主任や当麻さんはそれをうまく利用している。

ネクタイを毎日変えたり、時々、眼鏡をかけてみたりする。そうやって、お客様に自分の印象を与え、時に会話のきっかけにしている。それもまた、支配人が言っていたように、仕事を楽しむということなのだろう。

まだまだ、私にはやることがたくさんあるなと思う。

オーダーを調理場に通すため、一礼して塩谷さんのテーブルを離れようとすると、「ねぇ、あなた」と呼び止められた。

「はい」

しまった。ネクタイを褒められて、下がるタイミングをすっかり逃してしまった。

「大学は出たの？」

「……この春、卒業したばかりです」

「そう。なら、役所勤めにしなさいな。せっかく大学に行ったんですもの。こういう場所よりも公務員がいいわよ」

確かに公務員安定神話は今も存在する。ご高齢の塩谷さんの世代なら、なおさらかもしれない。しかし、よけいなお世話である。

特に私は、もともと事務職を目指していながら、両親の事故をきっかけにがらりと進路変更して、天間支配人のいるこの会社に来た。

ようやく正社員として認められ、仕事にも慣れてきたというのに、「公務員がいい」などとは、もっとも聞きたくない言葉である。

このやりとりが、顔を合わせるたびに繰り返される。

そのたびに私は答えに迷い、曖昧《あいまい》な笑みを浮かべることしかできない。

初めのうちは、私などまだ顔も覚えられていないだろうし、塩谷さんもご高齢だから仕方ないよね、とたいして気にも留めなかった。

しかし、三回、四回と同じ話をされると、それはもう塩谷さんから私への強烈なメッセージとしか思えなくなった。なぜなら、私も塩谷さんの記憶力に問題がないとはっきりと分かるようになったからだ。

塩谷さんはお話好きで、支配人や先輩たちとも楽しそうにお話をされている。その内容を聞けば、むしろ私などよりよほどハキハキとしていて、話題も豊富だった。

そんなに私は、この仕事に向いていないように見えるのだろうか。

それとも、他《ほか》の女性常連客と同じように、新入社員が男性でなかったことにがっかりして、じわじわと私を追い詰めようとしているのだろうか。

考えれば考えるほど、私は悶々《もんもん》とした。悶々とするだけではなく、どこか飲食業という仕事を見下されているような気がして、傷つくのだった。

そこで私は、今日こそ当麻さんに相談してみようと思い立った。

天気も悪いし、お客様も少ないからちょうどいい。

当麻さんを呼び止めると、すぐに振り返ってくれたが、その眉間《みけん》には深いしわが刻まれていた。

「どうした。また何かやらかしたのか」

当麻さんも伊崎主任も、私が声をかければ、失敗の報告か、面倒な質問をされるかのどちらかとしか考えていない。

「塩谷さんに、役所勤めにしろって言われたこと、ありますか？」

「お前も言われたの？」

「お前も、ってことは、当麻さんも？」

「いや、俺はないけど」

「じゃあ、誰ですか。私、もう何回も言われて、参っているんです」

「お前が来る前に辞めた、バイトの大学生」

大学生か。まだ進路変更の余地はある。

つい、そんなことを考えてしまい、塩谷さんに洗脳されかけている自分に焦った。

「女の子ですか」

「うん。アナウンサー目指している、かわいい子だった」

当麻さんの顔がにやけ、何となく面白くない。それに、女子アナ志望なら、塩谷さんの言葉など気にもかけないだろう。

「接客業に男も女も関係ないですよね。むしろ今の時代、どの職業でもそんなことを言っていたら時代遅れです」

「塩谷さんは、どんくさそうなお前を見て、レストランに向かないって思ったんじゃないか？　そういえば、辞めた大学生は、守ってやりたくなるようなタイプだった。この仕事はキツいからなぁ。塩谷さんはそれをよく知っているんだよ。だから若い女の子を見ると、考え直すなら今のうちにってさ」

「そうでしょうか」

納得できそうで、どこかしっくりとこない。そもそも、私のことを「どんくさそう」とはあまりにもひどい。

「せっかく頑張っているのに、あんなふうに言われたら、いい気はしません」

「考えすぎだって。塩谷さんには、お前なんて孫みたいなものだろ？　ついお節介をやいてしまうんだよ」

当麻さんの態度は、とても真剣に相談にのってくれているとは思えない。

そこへ天間支配人がやってきて、当麻さんは気まずそうに私から距離を取った。

「お客様を話題にしてはいけません。営業中は絶対です」

事務仕事をしていても、天間支配人は相変わらずよく見ている。


夜になっても雨の勢いは衰えなかった。

亀戸駅に到着し、どの店もシャッターを下ろした駅前の通りを途中で右に曲がる。

傘の下からアパートを見上げると、颯馬の部屋は真っ暗だった。まだバイトから帰っていないようだ。

今夜は雨のせいでお客様が少なく、引きも早かった。そのため、閉店時間ぴったりに店を出ることができた。

私のほうが颯馬より早く帰るなんてめったにないことだ。もっとも、私が帰宅しても颯馬は部屋にこもっていて出てこない。けれど、閉じられた四畳半の扉の隙間《すきま》から、細く明かりが漏れているだけで、ああ、一人じゃない、となぜか安心できる。

颯馬のバイトは近所のスーパーの清掃だ。閉店後のスーパーの床を磨き、ワックスを掛けるらしい。大学に入学してわりとすぐに始めたバイトだから、もう丸二年は続けている。始めたばかりの頃、私は訊いた。

「掃除なんて楽しい？」

「楽しいも何も、バイトだし。一応、チームでやるんだけど、みんな黙々とやっているから気楽でいい」

不思議なものだと思う。

私はバイトといえば、まっさきにファミレスやカフェ、居酒屋などの飲食店を探した。同じ環境で育っていながら、接客業が体に染みついている私と、あまり人と関《かか》わるのが好きではない颯馬、まるで正反対だ。

颯馬はちょっと雄二おじさんに似ている。

雄二おじさんも社交的な父とは正反対の性格で、表に立つよりも、温泉の管理や建物の維持など、地味だけれど大切な裏方の仕事を黙々とやってくれていた。

縁に恵まれなかったらしく、五十を過ぎてもずっと独身で、まさに陰で旅館を支えてきたような人だ。その叔父がいたから、父も板前の仕事に集中できたのだと思う。

コンクリートの壁面にすっかり雨がしみ込んで黒くなった、アパートの外階段を上る。

密集した住宅地の中にあるこのアパートでは、周りの家々の屋根を叩く雨音がひときわ大きく聞こえる。

颯馬が何時に帰宅するのか分からないが、湿った体が気持ち悪くて、急いでシャワーを浴びた。この古いアパートは、台所の横がすぐに風呂場《ふろば》で、狭い脱衣所には扉がない。どちらかが風呂に入る時は、自分の部屋にこもるしかないのである。

シャワーを済ませ、台所のテーブルで夜食に買ったおにぎりを食べていると、颯馬が帰ってきた。ジーンズの裾《すそ》もリュックもずぶ濡れだ。

「うわ、びっしょりだね。すぐお風呂入れば？」

そのまま入ってきたら、台所の床まで水浸しになりそうだった。それを咎《とが》められたと思ったのか、颯馬は靴下だけ脱いで上がろうとする。

「ちょっと、ズボンも脱いでよ、あっ、ほら、リュックから水が垂れているって」

私はタオルを取ろうと慌てて立ち上がった。

颯馬はおとなしく玄関に立って待っている。そんなに姉の前でズボンを脱ぐのが恥ずかしいのかと思う。子供の頃、温泉を出ると素っ裸で走り回っていたというのに。

受け取ったタオルでジーンズの水分を吸い取った颯馬は、濡れたリュックを玄関に置いたまま、素直に風呂に直行するらしい。

私は食べかけのおにぎりを持って、自分の部屋へ行くことにした。

すれ違いざま、颯馬がすっと手を差し出した。

濡れた指に挟まれていたのは、やはり濡れて宛先《あてさき》の滲《にじ》んだ封筒だった。いつも颯馬が先に帰宅しているため、私にはポストを覗《のぞ》く習慣がなかったのだ。

部屋に入り、濡れた封筒を見た。差出人は雄二おじさんだった。

扉の外からは、シャワーの水音が聞こえ始めた。

雨、水音、故郷からの手紙。なんとなく、私を不安にさせる。

封を切り、中を見て、私は「なんだぁ」と座り込んだ。

封筒に入っていたのは、薄いビニールに包まれた写真だった。

先日の両親の一周忌で、雄二おじさんが撮ったものだ。

これまでも、我が家では祖父母の法要のたびに、せっかく親戚《しんせき》が集まったのだからと毎回写真を撮っていた。しかし、それも私が中学生頃までのことだ。年々、親戚も高齢化し、集まるのが難しくなった。

今回の両親の法要も、ごくごく内輪で行った。

正直なところ、私は写真など撮る必要はないと思ったが、叔父はカメラを用意していた。

もう一度写真を見て、やっぱり、写真なんて撮るんじゃなかったと思った。

当然だが、人が集まれば必ず中央にいた両親はおらず、出席を拒んだ颯馬もいない。

写っているのは、私と頼子おばさん、温泉協会の会長さんと、従業員の何人かだ。

両親の不在を突き付けられる、不完全な集合写真でしかない。

けれど、わざわざ送ってくれた叔父の律儀な性格を思うと、無下にもできない。

そもそも、同じ写真が二枚入っているのは、頼子おばさんにも渡してほしいということに違いない。

写真と一緒に、短い手紙が入っていた。


『先日は帰ってきてくれてありがとう。

就職したばかりで忙しいだろうに、悪かったね。

でも、夕子ちゃんが来てくれて、社長も、女将《おかみ》さんも喜んでいるだろう。

僕も久しぶりに会えて嬉しかった。

颯馬も、いつか顔を見せてくれると信じている。

いつでもここは二人の家だよ。

僕は、君たちの家を預かっているものと思っている』

私は叔父に感謝をした。何もかも押し付けて、私のほうが何倍も悪いと思っている。

おまけに、両親を「社長」「女将さん」と、かつてのように呼んでくれ、今もあの旅館を「二人の家」と言ってくれている。それが何よりも嬉しかった。

颯馬も、ただ一度帰ってみればいいのに。

何も考えず、ただ帰ってみれば、そこから何かが変わるかもしれないのに。

次に塩谷さんが訪れたのは、翌週の雨の日だった。

塩谷さんは茜《あかね》色の傘を天間支配人に預けると、私を見つけてにこりと笑う。

これはもう逃げられないと覚悟を決めた。

「この前いらした時も雨でしたね」

椅子《いす》を引いて塩谷さんを座らせ、私のほうから話しかけた。

「雨の日に出歩くのが好きなの」

「どうしてですか」

「家に一人でいてもつまらないからよ。部屋も薄暗いし、窓には涙みたいに雨が流れて、水槽の中に閉じ込められたみたい。だからね、明るい色の傘をさして、ここに来るの。支配人さんも、あなたたちも、温かく迎えてくれるでしょう？　お客さんの特権よね」

塩谷さんは、もしかして寂しいのかもしれない。いつも一人で来るということは、きっと一人でお住まいなのだ。

「塩谷様の傘、素敵なお色ですね。確かに、ぱっと心が明るくなる気がします」

「夕焼けの色よ。ビルばかりの都会でも、たまにびっくりするくらいきれいな夕焼けになる日があるわ。好きな色なの」

「夕焼けの色ですか」

私の育った町では、東京よりもはるかに鮮やかな夕焼けを見ることができた。青空もそうだ。東京で、いくら澄んだ青空だと思っても、故郷で見てきた空のほうが何倍も深く、濃い青だった。

少しためらってから、私は言った。

「私の名前、夕子というんです。夕焼けの『夕』です」

「あら、霜鳥さんは夕子さんというの。素敵な名前」

塩谷さんが驚き、嬉しそうに笑った。

「父が付けてくれました。夕焼けが大好きだったそうです。私の実家は田舎《いなか》のほうで、それはきれいな夕焼けになるんです」

「まぁ。空が広そうね。壮大な夕焼けが見られそう」

塩谷さんの目が輝いている。

「いいえ。それがとても狭いのです。山に挟まれた、谷間にあるような町でしたから」

あら、というように塩谷さんの顔が曇る。

「だから、日没も早いんです。両側の山が黒いシルエットになって、その間の細長い空が、ほんのわずかな時間、燃え立つように鮮やかに染まります。それから、だんだん淡くなった色が夜に変わるんです。父は、その一瞬の鮮やかな色がたまらないんだと言っていました」

　子供の時、夕子という名前はあまり好きではなかった。一瞬の美しさなんて、あまりにも儚《はかな》くて、もっとかわいい名前がよかったと思った。

「素敵じゃないの。いいセンスだわ」

「ありがとうございます。この名前、わりと気に入っています」

　私が生まれた日、旅館で仕事をしながら、今か、今かと病院からの知らせを待っていた父は、ふと顔を上げた。

　その時、窓の外の鮮やかな茜色を見たという。

　窓を開け、身を乗り出した。すっかり影となった山と山の間に見える夕焼けは、見方を変えれば、山の底から見上げる宇宙の一部のように思えたそうだ。

　広大な世界、はるか高みから差す光による鮮烈な色彩、自然の中に確かに存在する自分と、新たにその一部として生まれてくる命。

　何だかよく分からない壮大な思いにとらわれた父は、涙を流したという。

　父は時々、こんな話をしてくれた。

　四月の終わりに生まれた颯馬の名前にも、きっと同じように雄大なストーリーがあるのだろう。雪解けの遅い故郷の町でも、いよいよ新緑が芽吹き、その間を爽《さわ》やかな風が吹き抜ける美しい季節が、颯馬の誕生日だ。

塩谷さんは、いかにも思いやりのある優しい笑みを浮かべた。

「ご両親を安心させるためにも、お仕事はお役所のほうがいいのではない？」

どうやってもこの話になるらしい。

今日はどのように切り抜けようかと考えている間も、塩谷さんは続けた。

「私はこうして夕子さんに会えるのは嬉しいけれど、お店には色々なお客さんがいるわ。故郷にいるご両親は心配されているのではないかしら」

本当によけいなお世話だ。

両親という言葉を聞いて、つい気持ちを抑えきれなくなってしまう。

「塩谷様、アドバイスは嬉しいのですが、私は役所勤めをする気はありません」

塩谷さんは驚いたように表情を凍り付かせた。

「私はレストランの仕事が好きなんです。塩谷様が私に会えて嬉しいと言ってくださったように、私もいろんなお客様とお会いできるこの仕事が楽しいんです」

塩谷さんは、戸惑ったように表情を曇らせる。

「いろんな人とお話をするのが楽しいの？」

「はい。とっても」

「だめよ！　そんなに楽しんでいては！」

塩谷さんは急に声を荒らげた。

いつものおっとりとした口調とのあまりの違いに、私は思わず身をすくめた。何が塩谷さんを不快にさせてしまったのか分からない。

私はすっかり慌ててしまい、どうこの場を収めたらいいのかと、オロオロしてしまう。

「ごめんなさい。でも、塩谷様、私、役所の仕事なんて向かないと思います。こうして、お客様とやりとりするのが好きなんです」

涙声になる私に、大声を出してしまった塩谷さんも自分を恥じるように動揺していた。

「嫌だわ、私ったら。ええ、そうね。私もお店の方とお話をするのが好きよ。それを咎めているのではないの。でもね、それは、あなたにとってあまりよくないと思うのよ」

塩谷さんの言いたいことが分からず、私はごめんなさいと繰り返すばかりだった。

「どうかなさいましたか」

天間支配人が来てくれて、急に体から力が抜けた。いつもと変わらぬ穏やかな声。それだけで、私だけでなく、塩谷さんもほっとしたのが分かった。

「あら、支配人さんまで。ごめんなさい。このお嬢さんが気になって、またやってしまったの」

支配人は微笑んだ。

「またですか」

「ええ。何回目かしら。そして、大きな声を出して、支配人さんがとんでくるのは二回目」

「よく覚えていますね」

「覚えていますとも」

塩谷さんは、天間支配人との会話を楽しむように微笑んだ。

支配人はさりげなく私に下がるように言い、塩谷さんも引き止めようとはしなかった。

その後、私は塩谷さんのテーブルには近づくことができず、支配人が海老グラタンを塩谷さんに運んだ。


「支配人、さっきはすみませんでした。塩谷さんを怒らせてしまいました」

休憩時間になると、私は休憩室に使っている個室で天間支配人に頭を下げた。

ランチタイムのお客様もほとんどがお帰りになり、私と支配人は同時に休憩に入った。

ホールは当麻さんと馬淵さんが見てくれている。

「塩谷様は、怒ってなどいませんよ」

支配人はコーヒーカップを持ち上げながら小さく笑った。

「じゃあ、どうして」

詰め寄った私に、支配人は視線で個室の奥を示した。牧田料理長が並べた椅子の上で昼寝をしている。私は声をひそめて続けた。

「支配人、私、塩谷さんに会うたびに、役所勤めにしろと言われるんです。そんなに私はこの仕事に向いていないように見えるんですか。それとも、塩谷さんには、何か別の理由があるんですか」

意を決して、この仕事が楽しいと言えばあの始末だ。

塩谷さんとの今後の関係のためにも、私はどう答えるべきか支配人に教えてほしかった。

「その件には、少々事情があります」

「教えてください」

私が再び詰め寄った時、ノックの音に続いて当麻さんが顔を出した。手にはコーヒーのデキャンタを持っている。

「支配人、廃棄するコーヒーがあるんですけど、おかわり、いりますか?」

「いただきます」

支配人が空になったカップを差し出し、当麻さんがコーヒーを注ぐ。

「今、お客様は?」

「一組だけです。食後のコーヒーをお出ししたところで、のんびりしたものです」

当麻さんは、塩谷さんの話を聞きたくてたまらないのだ。

「お客様の話題はよくないと、この前話したばかりでしょう」

「でも、あそこまで意味深な会話をされたら、気になるじゃないですか」

あの時の、天間支配人と塩谷さんのやりとりを当麻さんも聞いていたらしい。

正直に言うと、私も塩谷さんが声を荒らげた理由よりも、そっちのほうがずっと気になっている。

二人に詰め寄られ、支配人はわずかに身を引いた。

「今回だけですよ」

支配人は困ったようにため息をついた。

「塩谷様は、このお店がオープンした頃からの常連様です。配属されて二十年の僕よりも長くこのお店を知っています」

洋食オオルリ亭の創業は三十五年前、現社長のおじいさんの持ち物だった洋館を改装して、ここを二号店としたのはその五年後のはずだから、私が生まれるずっと前から、塩谷さんは渋谷店のお客様だったことになる。

「もうずっと前、塩谷様のお孫さんがここでアルバイトをしていたのです。アルバイトをする必要などないのでしょうが、自立心のある活発なお嬢さんで、留学資金の一部を自分で出したいとおっしゃったそうです。塩谷様は社会勉強にもなるからと、このお店でという条件でお許しになりました。ご一緒にお住まいのお孫さんは、それこそお誕生日もクリスマスも、小さい頃からここで過ごしてきました。使い慣れていただけでなく、塩谷様はここを信頼してくださったんです」

一呼吸ついた支配人は、コーヒーカップのふちを右手の親指でしきりに撫《な》でている。

「支配人。それで、そのお孫さんがどうかされたんですか?」

焦《じ》れた当麻さんがその先を急《せ》かした。

いつまでもホールをほったらかしにもできず、やきもきしている様子だ。

支配人は仕方がないというように、カップから手を離した。

「とても素敵なお嬢さんでした。明るくて、機転もきいて。それはそうですよね。小さい頃からこのお店を使って、スタッフとお客様のやりとりをずっと見てこられたのですから」

気さくで、お話好きの塩谷さんのお孫さんなら、さもありなんと思った。

「それは、何年くらい前のお話ですか」

少し宙に目をやった支配人は、すぐにまた目を伏せて応《こた》えた。

「十五年も前でしょうか、ちょうど僕が支配人になった年でした。前任の支配人が体を壊して、急に退職してしまったんです。塩谷様のお孫さんは、僕が初めて採用したアルバイトでした」

もしかして天間支配人は、そのお孫さんに好意を持っていたのではないか。

唐突に、私はそう思った。

少し恥じらうような口ぶりも、あまり話したそうではない態度も、それならば納得がいく。

「どのお客様にも慕われて、塩谷様も僕も喜んでいました。しかし、あるお客様に見初められて、個人的なお付き合いに発展してしまったのです」

うろたえたような塩谷さんの顔が頭に浮かんだ。

「それで、塩谷さんはお怒りに？」

「お怒りというわけではありません。状況によっては、祝福されたと思います」

「でも、そうならなかったんですね？」

支配人はどこか沈鬱《ちんうつ》な顔で頷いた。

「お相手が、デンマーク大使館にお勤めの方だったのです」

「外国のお客様でしたか」

デンマークとなれば日本からはかなり遠い。

天間支配人の表情から、私にはすっかり先が分かってしまった。

当麻さんも、納得したようにホールへ戻っていく。

塩谷さんのお孫さんは、いつものご家族のお食事会に、デンマーク人の彼氏を連れてきた。紹介して驚かせるつもりだったはずが、塩谷さんは「こんなことなら、アルバイトなんてさせるんじゃなかった」と席を立って叫んだそうだ。

ちょうど休日のディナータイムで、店内はほぼ満席だった。誰もが、突然の大声に驚き、四番のテーブルに注目したという。

「僕はすぐに駆け付けて、塩谷様をなだめました。当時の僕は支配人になりたてでしたから、他のお客様にどう対処すべきか悩みました。こちらに非はありませんが、お食事を中断させてしまったお詫《わ》びとして、すべてのテーブルにワインをサービスして、その場を収めたのです」

それを騒ぎの張本人である塩谷さんのそばで、ご本人にも失礼にならないように行うのは難しかったはずだ。天間支配人と塩谷さんには、この時すでに信頼関係があったから、うまく収めることができたに違いない。

可愛《かわい》がってきた孫娘が、結婚でもしてデンマークに行ってしまえば、簡単に会うこともできなくなる。塩谷さんにとって、どれだけショックだっただろうか。

役所勤めをすすめた理由は、そういうことだったのだ。

「お孫さんは大学を卒業したのち、デンマークに行かれました。すぐにご結婚されて、今では三人のお子さんのお母さんです。時々、塩谷様は写真を見せてくれるんですよ。僕だけに」

天間支配人が淡く微笑んだ。

私は十五年前の天間支配人に思いを巡らせた。

渋谷店に配属されて五年ほどで支配人になるなんて、年齢を考えても大抜擢《だいばってき》だったのではないか。

十五年前でも今と同じように、どこまでも穏やかに接客する姿しか想像できない。若く、落ち着いた魅力に溢れる天間支配人は、もしかしたら塩谷さんのお気に入りだったのかもしれない。

もしもお孫さんの相手が、天間支配人だったとしたら、塩谷さんはどうしていただろう。

「これは僕と塩谷様の秘密なんです」

支配人は、目を細めて微笑んでいた。愛しいものを見つめるような、どこまでも優しい微笑みだった。

けれど、塩谷さんにとっても、支配人にとっても、きっと苦い思い出だ。

「ごめんなさい。私のせいで」

あんなことにならなければ、苦い思い出は心の中に閉じ込めておけたはずだった。

しかし、支配人は、すっかりいつもの支配人に戻っていた。

「ああ、それです。霜鳥さん、あなた、塩谷様の前で何度も『ごめんなさい』と繰り返していましたね。お客様の前では、『申し訳ありません』です」

私は恥ずかしくなって、慌てて「申し訳ありません」と頭を下げた。

「支配人、それにしても、お客様とお店のスタッフが結婚なんて、本当にあるんですね」

何気なく口にした私は、きっとどこか夢見るような顔をしていたのだろう。

すぐに支配人はクスリと笑った。

「確かにお店にはいろんなお客様がいらっしゃいます。普通に暮らしていては、とうてい接点のないような方と知り合うこともできる。そういう予期せぬ出会いも、この仕事の面白さでしょうね」

私はつい身を乗り出す。

「ただ、相手はお客様ですから、ご縁がなければ親しくはなれません。きっかけをつかめなければ、単なるサービスマンとお客様です」

「ご縁ときっかけですか」

「それこそ、人生の妙味ですね」

私はしがない店のスタッフ。一瞬でも淡い期待を抱いた自分が恥ずかしい。

支配人もきっと同じだったのではないか。

塩谷さんのお孫さんと一緒に働いていながら、きっかけをつくることができなかった。

その歯がゆさと、塩谷さんへの申し訳なさ。

塩谷さんは塩谷さんで、アルバイトを許したことを深く後悔したに違いない。

けれど、今も塩谷さんはここを訪れ、支配人は変わらず塩谷さんに海老グラタンを運んでいる。

支配人はしばらくの間、じっと空になったコーヒーカップの底を見つめていた。

それから、ふと思い出したように顔を上げた。

「ああ、そうでした。塩谷様のご自宅はお近くですが、月に一度は銀座の美容室に通われています。お買い物も銀座のデパートが多いそうですよ。このあたりだと、渋谷のほうがずっと近いのですが、昔から銀座が好きだとおっしゃっていました」

突然の「塩谷さん情報」の意味が分からず、目をしばたたく私に構わず、支配人は続けた。

「きっと、銀座本店のお店も使われていると思います。お孫さんがデンマークに行かれた後、そのご両親である塩谷様の息子さんご夫婦も海外赴任になってしまったそうで、時間を持て余しているとおっしゃっていましたから」

本店ビル二階の洋食店か、一階の喫茶室か。通い慣れた店や味に安心感を求めるお客様は確かにいる。塩谷さんくらいの年齢の方なら、まさにそうかもしれない。

「そういうことを頭の片隅にでもとどめておくと、何かの役に立つこともあるものです。長く続けていると、お店にもお客様にも、いろんな歴史が刻まれます。それがまた面白いと思いませんか」

苦手なお客様でも、その理由を知れば、むしろ愛《いと》しく感じられる。

こうしてひとつずつ解きほぐしていきながら、いつか私も心からこの仕事を楽しめるようになっていくのかもしれない。

そろそろ休憩も終わる時間だった。

立ち上がった支配人は、奥で寝息を立てる牧田料理長をチラリと見て、ふふっと笑った。

「どうしたんですか？」

「暴露ついでにもうひとつ。料理長は、塩谷様のお孫さんに直球で告白して、見事に玉砕しました。でも、こうして今もたくましくこのお店を支えてくれています。くれぐれも内緒ですよ」

天間支配人はそっと人差し指を口元に当てた。


何事も、きっかけが必要なのかもしれない。

私がここにいるのだって、天間支配人の紹介ページを見たからだ。

あれがなければ、オオルリ亭にここまで関心を持つことはなかった。

きっかけとは、自分でつくるものなのか、それとも、偶然のように舞い込むものなのか。

両方だとしたら、私は自分でつくりたい。

その夜、帰宅した私は、そっと隣室の気配に呼びかけた。

昼間の雨はいつの間にか上がっていて、空にはぼんやりとした半月が浮かんでいた。

「颯馬、この前届いた雄二おじさんからの手紙、台所に置いておくね」

颯馬にも、雄二おじさんの気持ちを感じ取ってほしかった。

テーブルに封筒を置いて部屋に戻ろうとすると、四畳半の扉が開いて、にゅっと手が突き出された。

「手紙」

「今、読むの？」

「読んでやってもいい」

「偉そうに」

思わず笑った。

封筒を手渡すと、しばらくして颯馬が声を上げた。

「何だよ、こんな写真。もう、次から撮るのやめろよ、趣味が悪い」

「そうだよね、うん、私もそう思う」

颯馬と意見が合ったことが嬉しくて、思わず壁越しに声をかけた。

すぐに扉が開き、またにゅっと手だけが突き出された。

指先に手紙を挟んでいる。もう読んだということらしい。

「帰ってみれば？　なんか、こう、気楽にさ。おじさんと温泉入ったりしてさ」

「温泉かぁ。よく雄二おじさんと、露天風呂入ったな。ちょうど、お客さんの夕食時。その時間、空《す》いているから」

「露天風呂から夕焼けも見えたよね」

「夕焼け、そういえば、今日はきれいに見えたな」

「今日？」

「雨が上がったらさ、雲の隙間の空が真っ赤だったんだ。すごくきれいだった。東京でも、こんな夕焼けが見えるんだって驚いた」

「本当？　ちょうどディナータイムで忙しくなる時間だもん、気づかなかった」

そういえば、昼間はさして忙しくなかったくせに、ディナータイムが始まると、急に何組もお客様が入ってきた。雨が上がったから、出歩く気分になったのかもしれない。

颯馬が扉を閉める気配がして、私は追いかけるように叫んだ。

「帰れば、きっともっときれいな夕焼けが見られるよ」

颯馬は、もう何も言わなかった。

でも、雄二おじさんの手紙が、少し気持ちを動かした気がした。

いろんなきっかけが重なって、自分も、世の中も動いている気がする。

天間支配人はきっかけをつくれなかったから、今も静かに佇《たたず》んでいるのかもしれないし、つくろうとした牧田料理長は潔く玉砕した。でも、きっと覚悟があったから、今も塩谷さんのために海老グラタンを作り続ける。

ふと思った。

次に東京で美しい夕焼けが見えるのはいつになるだろう。

夕焼けの条件とは何だったか、私は必死に思い出そうとした。ずっと昔、父に教わった気がしたのだ。

まだ幼い頃、夕暮れ時の河原で父と空を眺めたことがあった。

たまたま宿泊客が少ない日だったのだろうか、状況までは思い出せないが、薄暗い河原で、足元ばかりに気を取られていた私は「見てみろ」と言われて、空を見上げたことをよく覚えている。

転ばないように、父の手は私の手をしっかり握ってくれていた。

山と山の間の細長い空は、燃え立つような茜色だった。

初めて自分の名前がここから付けられたのだと知ったのも、たぶんこの時だ。

その時、父は教えてくれた。

雨上がりの夕方のほうが、夕焼けはきれいだと。

そうだ、空気中の水蒸気が多いほど、太陽の赤い光が鮮やかに見えると言っていた気がする。

あの時の父は、幼い私にはとても理解できない「波長」という言葉を使って説明し、理解できないがゆえに、私はそれきり忘れていた。

私は、今頃になってスマートフォンで「夕焼け」を検索している。

相変わらず、波長に関しては難しかったが、雨上がりの夕方と言った意味が納得できた。

ふいに、目の前に夕焼けが広がった。
空の果てまで連なる雲の、折り重なったひとつひとつの縁《へり》が赤く染まっている。
夜へ変わる、刹那《せつな》の時間の儚い美しさ。
しかし、心の中の夕焼けは、なぜか故郷の空よりも、ずっと、ずっと広かった。
お父さん。
自然と呼びかける。
ふとした時にこうして、すぐそばに感じることがある。
私の中には、いつでも父や母のかけらがいっぱいに詰まっている気がする。
大嫌いだった雨降りが、これからは楽しみに感じられる気がした。
止まない雨はない。雨が止めば、そこから光が差し込む。
鮮やかな夕焼けだって見えるかもしれない。
次の休みになったら、私も明るい色の傘を買いに行こう。
雨の日に来店する塩谷さんに、夕焼けがきれいに見える条件を話してみよう。
私はすっかり次の雨降りが楽しみになっていた。

第四話　かけがえのないもの

九月になったというのに、洋食オオルリ亭渋谷店の庭ではアブラゼミが元気よく鳴いている。

どうやら彼らは桜の木が好きらしい。玄関へのアプローチ、店内のテーブル席、どちらからも見える一本の桜の木に、びっくりするくらい張り付いている。それに反して、等間隔に植えられたオリーブの木には一匹の蟬《せみ》も見えない。不思議なものだ。

九月になったとたん、お客様がガクンと減った。

住宅地に店を構える渋谷店は、同じオオルリ亭でも東京駅の構内にある店舗や、商業施設内にある店舗と違って、夏休みの影響など受けないと高をくくっていた。しかし、大間違いだったらしい。

七月も後半に近づくと何となくお客様が増えてきて、それがお盆に入る頃《ころ》には毎日予約でいっぱいになった。

近隣にお住まいの常連様は夏季休暇で出かけた方も多かったが、逆にご家族や友人が集まる場合も多かったようだ。それだけでなく、夏休みという世間の雰囲気はお客様を外出に駆り立てるのかもしれない。

九月に入り、店はようやく通常モードに戻ったわけだが、忙しさに慣れたせいか先輩たちも力を持て余していて、営業時間が始まったとたん、仕事の取り合いである。

そういうわけで、私は今、庭で草取りをさせられている。店内にいるのは、天間支配人と伊崎主任、そしてパートの馬淵さんだ。

月に一度、業者さんが庭の手入れに来てくれるが、芝の間から顔を出す、成長著しい夏草はたびたび引き抜かねばならない。これはもっとも勤続年数の短い社員の仕事らしく、ようやく解放されたと当麻さんは喜んでいた。

ふいにジジッと音がして、すぐに目の前を蟬が横切った。ゾッとしながら目で追うと、そのまま桜の木の葉陰に隠れる。

お前もか。お前も、桜の木がいいのか。

私は人知れず蟬に呟《つぶや》き、けたたましい蟬の声の中、再び草取りに没頭した。

洋食オオルリ亭渋谷店の社員は、私のほかはすべて男性だ。

女性客が多いからと、意図的に人事総務部の千早部長が行った人事だが、その中でも伊崎主任の人気は圧倒的だった。

特に平日のランチタイムにそれは顕著だ。テーブルに着いたお客様は、伊崎主任が通りかかると、すぐに手を上げて呼び止める。伊崎主任にワインを注《つ》いでほしくて、わざわざ姿が見えるまでドリンクオーダーを待つお客様もいる。

伊崎主任が料理を運べばことさら嬉《うれ》しそうにはしゃぎ、ひとたびレジに入れば、お客様は次々に席を立ち、会計待ちの列ができることもある。

その光景を目にするたび、天間支配人はクスリと笑い、「今日も絶好調ですね」と空いたテーブルをてきぱきと片付けていく。

支配人もこれをうまく利用していて、ことに混雑してウエイティングのお客様がいる時は、必ずといっていいほど伊崎主任にレジをやらせる。テーブルの回転率を上げるためだ。

蟬が群がる桜の木のように、なぜか人を引き付けるタイプの人がいる。伊崎主任がまさにそれで、決して華があるわけではないのに、気づけばお客様が目で追っている。

接客業に不可欠な笑顔はむしろ少ないほうで、取り澄ましたような顔が彼の常態だが、時折見せる、にこっと笑う顔がいいらしい。

すらっとした長身に制服がよく似合い、ひとつひとつの動作が丁寧である。このあたりは、繊細さに欠ける当麻さんや、何をするにも焦ってしまう私とは大違いだ。おまけに、勤続十年というキャリアは何物にも代えがたい。人気の秘密はギャップと安定感だろうか。

つい伊崎主任を気にしてしまうのは、最近はその動きをまねしようと、ずっと観察しているからだ。

配属以来、当麻さんと行動して接客を学ぶように言われていた私は、八月からようやく一人立ちを許された。

つまり、ご案内や注文の取り方、調理場への伝達、ドリンクや料理の提供、食べ終えたお皿の下げ方、レジの操作、それら一連の仕事を、一通りできると認められたのだ。

この時も当麻さんは大喜びし、私はショックを受けた。それほど、私をそばで見守ることが重荷だったのだ。

当麻さんとのコンビが解消されたとたん、今度は伊崎主任の視線が厳しくなった。

だからこそ私は伊崎主任を観察して、そのやり方に倣うことにした。注意を受けないようにするには、それが一番だと思ったのだ。

天間支配人は、よほどのことがない限り口を出すことはなく、ただ後ろから見守っているという姿勢を崩さない。


その夜、三番のテーブルでグラスワインの注文を受けた私は、お客様のグラスに白ワインを注ぎ、ボトルを置きにバーカウンターに戻った。

「今のワイン、入れすぎていたよね」

さっそく伊崎主任の指摘がとんできた。

「入れすぎたことに気づいて、慌ててボトルをグラスから遠ざけた。だから、何滴かクロスにこぼした。最初からボトルの角度が急なんだ。ゆっくり丁寧に注げば、ああならない」

「……気を付けます」

言われた通りだった。

抜栓されたばかりのボトルは、中身がほとんど減っていなかった。つまり重い。

小柄な私は手も小さく、ボトルを片手で支えるのが苦手だ。旅館の食事の配膳《はいぜん》では、両手でとっくりやビール瓶を持つのが当然だった。今ではそれが羨《うらや》ましい。

「白ワインでよかったよ。クロスに染みが残らない」

嫌味をさらりと口にするのも伊崎主任の苦手なところだ。そのひとつひとつがいちいち事実なのだから、私は唇をかむことしかできない。

赤ワインをこぼせば、しっかりと染みになってクロスに残ってしまう。お客様のテーブルに行くたび、失敗の刻印を見せつけられて情けなくなる。おまけに、天間支配人や先輩たちにも私の不手際に気づかれてしまうのだ。

「それから、霜鳥さんはちゃんと自分の言葉でお客様と会話できているの？」

「……どういうことですか」

当麻さんが休みだからか、今日はやけに絡んでくる。さすがに、私の教育をしてくれた彼の前で小言を言わないだけの配慮はあるらしい。

「お客様に質問されても、大した答えを返していないんじゃないかって心配なんだよ。メニューに書いてある説明くらいなら、お客様だってわざわざ訊《き》かなくても分かるんだ。お客様が求めているのは、それ以上の情報、もしくは、俺《おれ》たちスタッフとの会話だよ」

「……すみません。でも、どうしたら……」

「勉強するしかないってこと。最初の頃、全然メニューが分からなくて、ある日、突然丸暗記してきたのには呆《あき》れたけれど、やる気はあったんだって感心もしたよ。ワインにしたって開けたこともなかったのに、相当家でも練習したんだろう?」

思わず、伊崎主任の顔をじっと見てしまった。

「気づいてくれていたんですか」

「当たり前。支配人も当麻も、調理場のみんなだって分かったはずだよ。霜鳥さんが陰で努力したってことはね」

やればできる子。小さい頃から母に言われた言葉を信じて、努力だけはした。

それに気づいてもらえたのは嬉しかったが、決して褒《ほ》められているわけではない雰囲気に緊張が高まる。そもそも、褒める時にこれほど無表情な人に会ったことがない。

「霜鳥さんはそこで満足しているんだよ。はっきり言って、料理にも、ワインにも興味ないだろ?」

「えっ」

「自分がお客様におすすめしているワイン、飲んだことある？」

詰問するような口調に、顔がこわばった。

「ワインの味、料理との組み合わせ、お客様が欲しいのは、俺たちが自分で得た結論なんだよ。それを聞いて、なるほどと思ってもらえる。それがレストランの面白さじゃない？そのためには、この店以外の料理やワインも知っておかないといけないと俺は思っている。君の場合は、まずこの店にあるものだけどね」

伊崎主任はチラリと横に目をやると、さっと玄関へと向かった。扉のすりガラスに映った、お客様のシルエットに気づいたのだ。

その動きは、もうまったく私に興味を失ったかのようだった。扉を開けながら、「いらっしゃいませ」と、にこっと笑う伊崎主任がなぜか恨めしい。

入ってきたお客様をテーブルにご案内する優美な後ろ姿を見送り、私はそのままバーカウンターに入った。いくつかたまったグラスを洗い始める。

当たり前だが、何もかも敵《かな》わないのが悔しい。悔しいというより、指摘されるまで自分の問題点にも気づかなかったことが情けない。

確かにそうだ。

私はワインにさして興味がない。お酒に強くもない。

けれど、お客様にワインをすすめる立場にいるからには、知らなくてはいけないことだ。頼めば支配人だって味見させてくれたかもしれないし、いつでも読んでいいと、ワイン関連の本の場所も教えられていた。何よりも、勉強熱心な伊崎主任に質問すれば、何だって教えてくれただろう。

お料理に関しても同じことが言える。

定番のメニューならまだしも、時折牧田料理長が出してくる、オリジナルのメニューには知らない料理も多い。私はただ朝礼や夕礼での説明を鵜呑《うの》みにしているだけだった。そこから、自分の知識を広げることができたはずなのに、私は何もしてこなかったのだ。

急に、後悔の思いが押し寄せてくる。

これまで何をしてきたんだと、小手先の技術だけで満足していた、この数か月の自分を呪《のろ》いたくなった。

「霜鳥さん、もうバーカウンターはいいんですよ。グラスは後で一緒に洗うので、ホールに戻りましょう」

すぐに天間支配人は、グラスを洗い始めた私に気づいた。

「いいえ、伊崎主任一人で十分なくらい落ち着いています。今のうちに少し洗っておきます」

「グラスを洗いたい気分だったのですね？」

「そういう気分だったんです」

配属された当初、私はバーカウンターでひたすらグラス洗いをさせられた。仲のよさそうな家族連れのお客様を羨ましく思い、自分がみじめになり、先輩たちに敵わない悔しさをすべてグラス洗いにぶつけた。磨き上げたグラスの輝きに、これも大切な仕事なのだと教えられ、決して雑用ではないカウンター業務の大切さを知った。以来、ここでグラスを洗うことは、私にとって自分を見つめなおし、原点に帰ることと同じだった。

「伊崎君に何か言われましたか」

「何かどころか、色々言われました」

できれば黙っていたかったが、どうせ支配人にはお見通しなのだ。

「例えば？」

「お料理や、ワインの知識不足です」

「伊崎君は勉強熱心ですからね。お休みの日も、あらゆる飲食店に出かけているらしいですよ。知識だけでなく、そういう経験はお客様との話題にもなります。彼の場合は、それがもう趣味みたいなものでしょうけど」

「伊崎主任に指摘されるたびに、自分はなんて向上心がないのかとガックリきます。どうして、私にはそこまでできないのか、今、考えていたんです。ワインだって、さほど飲んでみたいと思いませんし」

「最初の頃、お客様と楽しみなさいと言ったのを覚えていますか」

覚えている。そして、楽しんでいるつもりになっていた。

でも、支配人や伊崎主任が言う「楽しさ」は、私がお客様とちょっと世間話をして、いっぱしの店員らしくなった自分に喜んで得られる「楽しさ」とは違う。

そう、きっとそれは……。

「まだ、あなた自身が楽しんでいないんですよ。本当に好きになれていない。そうなれば、勉強のためという義務感よりも、自分のほうから知りたくなると思いますよ」

支配人の言う通りだ。

私が感じていたのは、自分で努力した結果、得られる「楽しさ」ではないからだ。

もちろん、お客様と世間話ができるようになるまでにも、グラス洗いから始まった努力はあったけれど、それはあくまでも、このお店で最低ラインに達するまでの努力だった。

以前、武器を増やさねばと、あれだけ強く思ったはずが、装備を整えただけで安心しきってしまっていた。

「例えば……」

支配人はかがみこんでカウンターの下の冷蔵庫から白ワインのボトルを取り出した。グラス販売用のワインで、中身はほとんど残っていない。

支配人はそれを少しグラスに注ぎ、鼻先に近づける。すぐに同じ量を別のグラスに注ぎ、私に差し出した。

「飲んでみてください」

天間支配人のように香りを吸い込んだ後、少し口に含んだ。

その間、支配人は同じワインの新しいボトルを取り出すと、手際よく抜栓して別のグラスにまた少し注ぐ。

「こちらも飲んでみてください」

グラスを顔に近づけた瞬間、香りが違うことにすぐに気づいた。

最初のものは少し刺激的な香りが混ざっていたが、今回のは瑞々《みずみず》しく、さわやかだ。香りだけでなく、味もそうだった。

「先に飲んだワインは、抜栓してから数日経っています。酸化が進んで、味も香りも落ちているのが、比べてみるとよく分かるでしょう」

確かにそうだった。私もこのワインはほとんど注文されたことがない。グラス販売する白ワインは二種類あるが、たいていのお客様は価格の安いほうを選ぶ。

つまり、お酒をたいして飲めないお客様が、「雰囲気だけでも」と注文するのがこのお店におけるグラスワインの位置づけだった。大半のお客様がボトルで注文するのは、圧倒的に種類が多いし、コストパフォーマンスもいいからだ。

「もったいないですが、グラスワインにも選択肢は必要ですから」

支配人は、古いほうのボトルに残っていたわずかなワインを廃棄した。

「こういうことです。自分で実際に経験したことは時間が経《た》っても忘れません。この程度の味見なら結構ですし、お客様にお出しする以上、品質のチェックも必要です」

最初のワインの、ぴりっとした酸味がまだ舌に残っている気がした。

「本当は、美味《おい》しいワインで勉強させてあげたいですけどね」と支配人は笑うと、ホールでお客様にメニューの説明をしている伊崎主任を眺めた。

「伊崎君は理想が高いんですよ。ここよりもずっと一流のレストランも知っている。自分がサービスするだけでなく、お客様にもそんなサービスを味わってほしいと思っている。つまり、彼が僕たちに求めているのも、そういうレベルなんです」

「僕たちって、支配人はまた別でしょう」

支配人はくすっと笑う。

「さあ、どうでしょう。僕の役割はサービスというより、何かあった時に責任を取ったり、店全体の舵《かじ》を取ったりすることですから。だからこそ、僕は細々とした部分はスタッフ一人一人を信頼して任せることにしているんです。霜鳥さんもその一人ですし、伊崎君のことも買っています。彼のプロ意識は見習うべきです」

そんなふうに言われる伊崎主任が羨ましかった。

やらなければならないことが、まだまだたくさんある気がして、私は少しの焦りと、大きな高揚感が体中に溢《あふ》れていた。

九月の半ば過ぎ、月に一度の本社での定例会議に出席していた天間支配人が、やけに疲れた様子で戻ってきた。

たいてい会議の日はシフトから外れているので、帰ってくるのはランチタイムが終わる頃なのだが、今日はなぜかずいぶん早い。

「お帰りなさい、支配人」

会議で何か厳しいことでも言われたのかと思ったが、渋谷店の先月の売上はなかなか好調だったはずだ。

「営業部長のありがたいお話を聞くうちに、労働意欲を掻《か》き立てられまして。早く店に出たくて戻ってきました」

微笑《ほほえ》んだ顔もどこか覇気がなく、いつもの支配人らしくない。

伊崎主任が出てきて、そんな支配人を追い立てるように個室を示した。

「せっかくやる気になっているところに心苦しいのですが、今日は予約もなく、社員も全員揃《そろ》っています。少し休んでいてください」

「そうでしたか……」

そもそも自分は会議だからと、客席社員全員を出勤にするシフトを組んだのは支配人だ。肩を落として個室へ向かう後ろ姿を見ながら、私は茫然《ぼうぜん》と呟《つぶや》いた。

「どうしたんでしょう」

ぱたんと閉じた個室の扉を見つめていた伊崎主任が、小さくため息をついた。

「もう九月だからね。そういう時期なんだよ」

私はただ首をかしげるだけだった。


午後三時には、すべてのお客様がお帰りになった。

白い床、白い天井、真っ白なクロスに白々と輝くシルバーのカトラリー。

お客様のいないメインホールは、まるで生命の死に絶えた白い砂漠のようにひっそりとしている。たとえ右往左往していても、忙しくにぎわっているほうがどんなにいいかと思う。

予約ノートで夜のお客様を確認していた伊崎主任が、ぼんやり店内を眺めていた私に気づいて、厳しい声を発した。

「そんな所に立っていたって、お客様がいないんだから仕事はないよ。五時まで休憩。当麻が寝ていたら、四時には起こして」

「はいっ」

私は逃げるように個室に駆け込んだ。

飲食店は色々な数字に縛られている。売上はもとより、人件費や料理の材料費、家賃や水道光熱費。お客様のいない時間は売上もないわけで、最低限のスタッフを残して、長い休憩時間となる。もっとも、この後はまた夜遅くまでディナーの営業もあるのだから、休んでおかなくては身が持たない。

個室では、入り口に近いテーブルに当麻さんが突っ伏していて、奥のテーブルでは調理場の石下さんがスマートフォンに見入っていた。

真ん中のテーブルでは、天間支配人と牧田料理長が向かい合い、何やら真剣な表情で話し込んでいる。牧田料理長は私に気づくと、「もう三時か。俺、戻るわ」と席を立った。ディナータイムに向けて、仕込みでも始めるのだろう。

テーブルには、数字の並んだ資料やノートなどが広げられていて、会議の内容を伝えていたようだ。

「今日はお客様が少なくて、結局、支配人の出番はありませんでしたね。せっかく労働意欲を掻き立てられたのに、残念でした」

「まったくです。でも、おかげで料理長と有意義な打ち合わせをすることができました」

「打ち合わせ？」

とっさに浮かんだのは、何かイベントでも企画しているのかということだった。

夏休みが終わって、売上も先月より落ち込んでいる。これからの季節は、実りの秋や食欲の秋で話題も作りやすく、ハロウィンやクリスマスなどの大きなイベントも続く。

目を輝かせて支配人の前に座った私に返ってきたのは、予想もしない言葉だった。

「最後のディナーですよ」

「最後のディナー？」

「ディナーというと語弊がありますね。終日、販売するメニューですから」

納得したように訂正する支配人に、私は首をかしげた。

「何かのイベントですか？」

私の頭はまだイベントから離れていなかった。今度は支配人が首をかしげる。

「まぎれもなく、このお店で最後にお客様に召し上がっていただくコースメニューです」

ぽかんとする私に支配人は続けた。

「遅くても、閉店の一か月前には始めたいと思っています。告知期間も必要ですから、準備も含めて二か月前には内容を決めておきたいと、料理長と相談していたところです」

「閉店って、どういうことですか？」

しばらくしてようやく口を開いた私を、支配人は不思議そうに見つめていた。何度かまばたきをし、慎重に言葉を発する。

「ここ、洋食オオルリ亭渋谷店は、年内でおよそ三十年の歴史に幕を下ろします。その時のためのコースメニューの話です」

「ここ、閉店するんですか」

テーブルに手をついて勢いよく立ち上がった私に、支配人はのけぞるように身を引いた。

「ご存じなかったんですか」

わずかに体を反らせたまま、めったに見せない表情で支配人が訊いた。明らかに動揺していた。

「知りません、聞いていません。どうしてですか」

激しく詰め寄った私に、支配人は眉《まゆ》を寄せ、困ったように額を押さえた。

営業中は、自分の首から上に触れることなどまずない。髪や顔に触れるのは、お客様から見て気分のいいものではないと、衛生面でも厳しい天間支配人や伊崎主任にたびたび注意されてきた。

「千早さんが、ちゃんと伝えてくれていると思ったのですが……」

人事総務部長の名を口にした支配人は、意を決したように姿勢を正した。

「渋谷店は年内に閉店します。経営上の問題、人事の問題、理由は色々とありますが、決して僕たちの日々の営業に原因があるわけではありません。あくまでも、経営陣の決断です」

確かに土地柄、家賃はものすごく高そうだと思ったが、もともとは社長のおじいさんが住んでいた家だというのだから、家賃など関係ないのではないのか。

しかし、新入社員の私がいくら詮索《せんさく》をしても、会社のお財布や内部の事情など分かるはずもなく、天間支配人が言う通り、色々な問題があるためのやむない閉店なのだろう。

日々の営業に問題はないという言葉からも、そのニュアンスが感じられる。

すっかり取り乱してしまった私よりも、支配人のほうが恐縮していた。

「すみませんでした。実を言うと、僕は今年も渋谷店に新入社員の配属はないと思っていたんです。ここの閉店は、年明けには打診されていましたから。配属式に呼ばれた時は、何かの間違いではないかと、すぐに千早さんに電話をしました」

天間支配人のお店に配属されたい、ただそれだけを私が願っていた間、そんなことがあったとは知るはずもない。

「閉店が決まっている店に配属されるなんて、新入社員が気の毒だと思ったんです。そもそも、最初の店は印象深く記憶に残るものです。そこがなくなってしまったら、どれだけショックでしょう。それに、せっかく仕事を覚え、人間関係も築いたというのに、異動先でまた一からやり直しです。ベテラン社員ならまだしも、顔見知りの社員も少ない新入社員には、あまりにも酷ではないですか」

天間支配人は、電話で千早部長にそう詰め寄ったそうだ。

しかし千早部長は、きちんと説明しておくから問題はないと応えたという。

「千早部長からは、閉店のことなどいっさい聞いていません」

支配人は大きなため息をついた。

「……こんなことなら、配属式の後にでも、僕からきちんと話しておくべきでした。謝ります」

深々と頭を下げた支配人に、私は慌てて「やめてください」と叫んだ。

支配人にまったく非はない。むしろ新入社員を任されると聞いた段階で、そこまで考えてくれたのかと、細部まで行き届いた支配人の心遣いに胸を打たれた。

千早部長のことだから、うっかり忘れたというよりも、意識的に黙っていたように思う。もとをただせば、天間支配人と働きたいと言い張った私が悪いのかもしれない。そう考え始めると、しきりにすまながっている支配人に申し訳ないような気持ちになってしまう。

何とかしなくてはと、私はぱっと思いついた言葉を口にした。

「きっと、これは千早部長の作戦だったんです」

支配人は顔を上げて、目をしばたたいた。「作戦？」

「千早部長は、渋谷店の雰囲気に新入社員を放《ほう》り込みたかったんです。天間支配人が作り上げた、この雰囲気です」

「そんなもの、ありますか？」

「あります」

同じ洋食オオルリ亭でも、支店によってまったく雰囲気が違う。店の立地だったり、客層だったり、様々な要因でそれは変わる。でも、一番大きいのは支配人の性格だ。どういう店にしたいか。何を優先させるか。その采配《さいはい》によって店の雰囲気は、いや、雰囲気というよりも色合いが全然違って見える。

配属されてわずか五か月の私でも、渋谷店は居心地がいい。

何度も失敗を重ねて歯がゆい思いをし、伊崎主任や牧田料理長に怒られて落ち込んでも、素直に受け入れて反省できるのは、彼らの言うことが正しいと思えるからだ。

みんなが気に掛け合い、違ったことは違うと言える、そんな雰囲気を作り出したのは、二十年もこの店を守ってきた天間支配人にほかならない。

支配人はいつも見ていてくれる。私が何か注意をされていれば、さりげなく寄ってきて話を聞き、アドバイスまでくれる。きっとこれまでの先輩たちも、そうやって支配人に育てられてきたのだ。

「支配人がいてくれると、モチベーションが上がるんです」

「僕ではなく、お客様がいるからでしょう」

「それは大前提ですけど、いつも私たちを見ていてくれるじゃないですか。支配人に褒められたくて仕事をしているわけではありませんが、やっぱり認められたいんです」

「新入社員のあなたはそうかもしれませんが、例えば、伊崎君なんかは違うでしょう」

「きっと同じです。いい接客をすればお客様が喜んでくださる。それが店の評判に繋《つな》がれば、支配人も伊崎主任をますます信頼します。そうすると伊崎主任のモチベーションも上がって、さらに店全体をよくしようとする。当麻さんや私をちょくちょく指導するのは、まさにそれだと思うんです」

不思議だった。思い付きで言い出したはずなのに、すらすらと言葉が溢れてくる。

支配人は真剣に私の話を聞いてくれていた。

「牧田料理長も、きっとそうです。いいお料理を作って、お客様に喜ばれるのはもちろん嬉しいでしょうが、それが評判になってお客様が増えれば、支配人もさらに料理長に一目置くでしょう？　つまり、このお店のスタッフ全員が、自分やお客様を通り越して、お店をよくしたいと思って行動しているんです。そういうふうに思わせているのは、やっぱり支配人だと思います」

天間支配人は特に目立つサービスをしない。支配人だからといって、厳しく指示を出すわけでもない。私たちと同じようにテーブルを回り、同じように仕事をしている。

けれど、私の何十倍も周りをよく見ている。見ていてくれると思うから、安心できる。

何かが起きた時に支配人が駆け付けるのではない。些細《ささい》なことが大きな問題となる前に、その芽を摘《つ》み取ってくれるのが天間支配人なのだ。

「特別なことは何もしていません。当たり前のことをしているだけです」

「自然にできてしまうことがすごいんです。私、やっぱり天間支配人とここで働けて、よかったと思います」

ふと、伊崎主任も閉店のことを知っていたんだろうなと思った。

だからこそ、天間支配人が元気をなくして帰ってきた時、いたわるような態度を示したのだ。おそらく、会議で最終的な決断を告げられたと察して。

「残念ですね」

私は呟いた。

残念だが、今の世の中、突然お店がなくなったり、店名が変わったりして、おやと思うことは少なくない。会社がなくなるわけではない。渋谷店が一つなくなるだけだ。

それでも、やはり残念なのだ。

一年も経たずに異動になることが、ではない。せっかく覚えた仕事、少しずつだが、私の成長を認めてくれるようになった先輩たち、そしてようやく顔を覚え、お話ができるようになった常連のお客様たち。私にとって大切な多くのものと離れてしまうことがたまらなく残念だった。

何よりも、天間支配人と離れてしまう。さすがに異動先でも一緒ということは、まず期待できないだろう。

ならば、あと三か月の天間支配人と一緒に働ける時間を大切にするしかない。他《ほか》の店に行って、この程度かと思われないよう、天間支配人のためにもしっかり成長したい。

「年内ということは、十二月いっぱいの営業ですか？」

「最終日をどこにするかは、まだ料理長や営業部と検討中です。大晦日《おおみそか》まで引っ張るか、一番の繁忙期であるクリスマスを終えたところで幕を下ろすか……」

「支配人はどちらがいいんですか？」

「大晦日です。クリスマスはとにかく慌ただしい。常連様の中には、ゆっくりと落ち着いた雰囲気でのお食事を好まれる方が多くいらっしゃいます。例年であれば、クリスマス後は一度落ち着きますから、その数日間を大切にしたい」

どちらにせよ飲食業に年末年始は関係ない。支店はどこも営業しているのだから、大晦日に閉店しようと問題はないらしい。

「私も大晦日まで営業したほうがいいと思います。売上のためではなく、少しでも多くのお客様に来ていただきたいです。ほら、ゴールデンウィークやお盆のように、休暇を利用して、ここに戻ってくる方々もいらっしゃるでしょうから」

天間支配人は頷《うなず》いた。

「実は料理長も同じ意見です。営業部に掛け合いましょう」

本音を言うと、お客様のためではなく、自分が一日でも長くここで働きたかった。

「きっと忙しい大晦日になりますよ」

支配人が呟く。支配人の中で、閉店が決定事項になっていることが私には切ない。

私はまだどこかふわふわと受け止めているだけなのに、支配人の頭の中には、閉店というゴールに向けての道筋がはっきりと浮かんでいる。

「大晦日が忙しいのは慣れています」

「ああ、ご実家は旅館でしたね」

支配人の実家も秋田の温泉旅館だ。きっと思い描く情景は似たようなものに違いない。

「雪景色を見ながら温泉に浸《つ》かって、新年を迎えたいというお客様で毎年満室でした。手伝いばかりさせられていましたね。大晦日はお客さんも遅くまで騒ぎますから、片付けも大変で。ようやく片付けを終えて、年が変わる頃に家族や従業員と近くの温泉神社にお参りに行くんです」

「温泉神社。僕の実家の近くにもありました。小さな祠《ほこら》のようなものでしたけど。温泉地のそこかしこにありますね。温泉そのものを祀《まつ》っているのか、発見した人を祀っているのか。いずれにせよ、温泉をもとに商売を営む者にとっては大切な神様です。僕の故郷でも、小さいながらも大切にされています」

踏み固められた雪道、刺すような冷たい空気にこわばった頬《ほお》、時折、その頬に吹き付ける、ガラスの破片のような雪片。青白い雪闇《ゆきやみ》の先に、ぼんやりと灯《とも》ったお社の明かり。きっと今、私と天間支配人の心の中には似たような風景が広がっている。

私にとってどれほど大切な記憶なのかは、同じ情景を思い描ける人にしか理解してもらえない。それを天間支配人と共有していることが幸せだった。

「あまりにも寒くて、みんな無言で黙々と歩くんです。柏手《かしわで》を打つと、かじかんだ手がじーんと痛くて。お参りの後、ふるまわれる甘酒が子供の頃から大好きでした。不思議ですよね。あの一杯でびっくりするほど体が温まるんです。だから、帰り道は体がポカポカして、みんなでワイワイおしゃべりしました。旅館に着いたら、『おやすみなさい、また明日もお願いしまーす』って。明日って言っても、もう今日になっているんですけどね、またお客さんの朝食の準備があるから、温泉に浸かってすぐ寝るんです」

　こんな思い出ならいくらでも出てくる。つい顔が微笑んでしまう。懐かしい記憶を語るのは楽しくて仕方がない。

「大好きなんですね、ご実家が。弟さんは帰省するんですか？」

　はっと我に返った。楽しい記憶はもうずっと昔のことだ。

「両親がいた頃の話です。弟は今年も東京にいると思います」

「では、弟さんを大晦日にここに招待してあげたらどうでしょう」

「えっ」

「あなたは仕事ですし、このお店の最終日。弟さんも大晦日を一人で過ごすなら、一生懸命働くあなたの姿を見せてあげなさい」

　配属初日、ここでオムライスを食べた時に、いつか颯馬にも食べさせたいと思った。

いつか。そう思いながら誘うきっかけをつくれず、そんな日は来ないだろうと諦《あきら》めてしまっていた。

「……すごく嬉しいアイディアなのですが、来てくれるかは分かりません。仲が悪いんです、私と弟」

「どうして」

「難しい年頃なんです。進路のこととか」

私が帰省しろとうるさかったせいだ。

一度帰れば、なんとかなると思った。両親の死に向き合うことも、旅館のことも、進路のことも。

だけど、そんなに単純なものではない。それは、自分でもよく知っていたはずじゃないか。就職という環境の変化があって、幸いなことに、夢中にならざるをえない状況があったから、私は悲しみから目を逸《そ》らすことができた。颯馬より恵まれていたのだ。

「ならば、よけいにここに呼びなさい」

支配人のきっぱりとした口調に、驚いて顔を上げた。

「普段とは違う世界を見るのもいい刺激になります。進路なんて、たくさん悩んで迷ったほうがいいんです。僕だって今も模索している。回り道をしても、最後まで見失わなかったものがその人にとっての正解です。気が済むまで探し続ければいい」

支配人の話を聞くと、いつだって何とでもなりそうな気がしてくる。抱えていた悩みも、誰《だれ》にでも当たり前のことなのだと思えてしまう。そもそも、すぐに解決したり、結論を出したりしなくていいという発想は、肩の力が抜けるようにすがすがしい。

「誘ってみます。このお店を、弟に見せたいです」

支配人、伊崎主任や当麻さん、牧田料理長、そして私。

お客様のために一生懸命になり、けれどそれを楽しんでいる姿を颯馬に見せたい。

そもそも、世間がお休みの時、お客さんのために忙しくしているのが、私と颯馬の育った原点ではないか。確かに小学生だった颯馬は、夏休みや冬休みだからと家族旅行に出かける友達を羨ましがっていたけれど。

私は頼子おばさんも一緒に招待しようと決めた。さすがに大学生の颯馬には、このお店は高級すぎて怖《お》じけづきそうだと思ったのだ。

十月に入ると、天間支配人は常連様の名前がぎっしりと書きこまれた顧客名簿を整理し始めた。お席の予約や、クリスマスのオードブルなどの予約販売で集めたお客様の情報は二百名以上あり、三十年の間に培《つちか》われた、お店とお客様の信頼関係の結晶だ。

本社の営業部に掛け合った結果、閉店は大晦日と決定していた。

朝礼で支配人が発表した時には、スタッフ全員が沈鬱な表情で受け止めた。

からなのだろう。

私が聞いた時のように誰一人驚かなかったのは、おそらく伊崎主任のように知っていた

休憩時間の個室では、この日も天間支配人が顧客名簿を眺めている。

バインダー式の名簿はかなりの厚さで、いつからこの形式にまとめられたのかは分からないが、住所が変わったお客様には上からメモ用紙が貼《は》られて修正され、細かな字でびっしりと書き込みが加えられているお客様もいる。

「ああ、それは伊崎君です。彼は本当にマメです。常連様のお気に入りのワインやお料理を記入してくれるんです。会話の中でのちょっとした情報もあるでしょう。眺めているだけで、僕までお客様の顔が浮かんできます」

それぞれのお客様に「ワインは軽めの赤」、「肉が苦手」、「ネコを三匹」「車、マセラティ」などと、好みや会話で活《い》かせそうな情報が几帳面《きちょうめん》な細かい字で書きこまれていた。

「ところで支配人。最近よく顧客名簿を眺めていますが、何かされるんですか？」

「霜鳥さんは初めてですもんね。オオルリ亭では、毎年、十二月になると常連様にクリスマスカードを送るんです。もっとも本当の目的は、カードに同封するクリスマスメニューのご案内なんですけどね。今年は閉店のお知らせもありますから、ここ数年ご来店されていない、古いお客様にもお送りしようかとピックアップしているわけです」

「クリスマスカードなんて、素敵ですね」

「営業部が毎年違ったアーティストにデザインを依頼していて、楽しみにしている常連様もかなりいらっしゃるんです。クリスマスは、当社にとっても一大イベントですからね」

話を聞いているだけでワクワクしてしまう。

「……でも、渋谷店は、閉店のお知らせも同封するんですもんね」

さっきまではしゃいでいた声が、少しだけトーンダウンしてしまった。

「ええ。他店のようにクリスマスメニューではなく、『閉店謝恩スペシャルコース』のご案内を同封します」

つい先日、天間支配人と牧田料理長が相談して、コースメニューが決定した。すでに営業部にも報告し、ゴーサインが出ている。

「『閉店謝恩スペシャルコース』、つくづく、すごい名前ですね」

「センスのかけらもありませんが、常連様はご高齢の方も多いですから、分かりやすさを最優先しました。必要な情報がすべて入った、いかにもなネーミングです」

「なるほど」

「オオルリ亭の人気メニューがぎゅっと凝縮された、素晴らしいコースですよ。牧田料理長が悩みに悩んで考えてくれたんです。あの人もこの店に十八年もいますからね、思い入れが大きいのでしょう。メニューのご案内を見たら、足が遠のいていたお客様でもふっと思い出して立ち寄ってくださるかもしれません。最後にはできるだけ多くのお客様にご来店いただきたいですし、何よりも僕がお会いしたいんです」

顧客名簿を優しい顔で愛しそうに眺める支配人は、何というか、まぶしかった。つくづく、二十年をかけて支配人が育ててきた店なんだと感じる。

「最高のクリスマスにしましょう！」

思わず私は声を上げていた。

「いくら閉店が大晦日で、ご案内するメニューが『閉店謝恩スペシャルコース』だとしても、この季節、お客様の意識はやっぱりクリスマスですよ。ましてや、クリスマスカードと一緒に届くのだからなおさらです。だから、忘れられないクリスマスにしましょう！渋谷店のお客様にとっても、支配人にとっても」

お客様に楽しんでいただくだけではない。お店のスタッフにとっても、最後を締めくくるにふさわしいイベントにしたいと心から思った。

配属されて数か月の私が、何年もここでお客様と接してきた先輩たちと同じ思いで閉店を迎えられるとは思えない。だから、私は育ててくれた感謝を込めて、先輩たちに最高のクリスマスをプレゼントしたい。

支配人が嬉しそうに笑った。

「いいですね、ぜひ、盛り上げましょう」

そこから、支配人とクリスマスについてたくさんの意見を言い合った。

もちろん経験のない私の意見など、単なる思い付きのようなものだ。けれど、支配人は真面目《まじめ》に耳を傾けてくれる。

「閉店謝恩スペシャルコース」を打ち出すのはいいが、クリスマス感が損なわれるのではないかと心配すると、牧田料理長がクリスマス用のメニューもちゃんと用意してくれているという。

「毎年、クリスマスカードに同封していたのはクリスマスコースです。チキンやローストビーフなど、いかにもクリスマスらしいメニューを好まれるお客様はどうしたっていらっしゃいますから、僕たちの都合で『閉店謝恩スペシャルコース』を押し付けるわけにはいきません」

「『閉店謝恩スペシャルコース』、言いにくいですね。内部的には『閉店コース』でいいですか」

「せめて『謝恩コース』にしませんか」

「かしこまりました」

クリスマスカードには、別紙でクリスマスメニューも同封することに決まった。

ただし、「謝恩コース」が十二月一日から丸一か月続くのに対して、クリスマスメニューの販売期間は十二月二十日から二十五日までということになった。

「店内の飾りはどうするんですか。やっぱりツリーは必要ですよね」

「ご心配なく。すべて本社が手配してくれます。十一月の半ばには、大きなツリーがロビーに入り、壁には電飾付きのリースが並びます。びっくりするくらい華やかですよ。そうだ、言い忘れましたが、ワインもいつもよりいいものを入荷しますし、クリスマスメニューの期間に合わせて、お持ち帰りのオードブルセットの販売もあります。とにかく、毎年慌ただしい数日間なんです。でも、それを終えると年末ということもあって、ああ、やり遂げたな、って気持ちになるんです」

珍しく少し興奮したように話した支配人は、私のほうを向いて、ふっと表情を緩めた。

「今年は、本当にやり遂げたと思うのでしょうね。正直なところ、閉店がこの季節でよかったと思います。お客様の気分が華やいでいる時に、わっと盛り上がったままお別れです。しんみりするよりもずっといい。レストランは、いつでもお客様を幸せにする場所でなくてはなりませんから」

「……そうですね」

その時、私の頭にひらりとあるアイディアが浮かんだ。

お客様を幸せにする場。その言葉が、自分の中の幸せな記憶に結びついたのだ。

十月の最終日、私は始発の新幹線で生まれ育った町に向かった。

東京から新幹線と、極端に本数の少ない在来線を乗り継いでおよそ三時間。かつては帰省と言えば両親が車で駅まで迎えにきてくれたが、さすがに雄二おじさんには頼めなかった。私はさびれた駅前のバス停で、ぽつんと一人、バスを待っている。

駅前は閑散とし、人影もまばらだ。

東京の街はビルの建て替え、季節ごとに変わる店頭ディスプレイと、日々目まぐるしく変化するが、生まれ育った町は、私が離れた頃とほとんど何も変わっていない。まるで息をひそめて時間を止めていたかのようだ。

ようやくバスが到着した。東京では考えられない、所々錆《さ》びた車体。乗り込むのは私だけだった。

バスが一日に三本しか動いていないのは、昨夜ネットで調べて驚いた。最初のバスに乗るためには始発の新幹線に乗るしかなかった。

確かに私が実家にいた頃から、旅館のお客さんは自家用車で訪れる方がほとんどだった。かつては我が家にも送迎用のマイクロバスがあったはずだが、いつしか姿を消していたのは、駅まで送迎する必要がなくなったからなのだろう。

三十分ほど乗客のほとんどいないバスに揺られ、温泉街の入り口のバス停で降りる。

今思えば、ここは山沿いの町というよりも、山の斜面に張り付いたような町だ。

山はすっかり紅葉も終わり、視界の届く限り葉を落とした木々が空を突き刺すように斜面を覆っている。むき出しになった幹と地面に落ちた枯れ葉とで、全体が茶色くくすんで見える。幸い天気はよく、澄んだ空気に真っ青な空が目に痛いほどにまぶしい。

どこか寂しい冬枯れの風景が、なぜか胸がじんとするほど懐かしい。やっぱりここは故郷なのだとしみじみと実感する。

ここまで来たのだからと、東京駅の売店で買った「東京ばな奈《な》」を片手に旅館の玄関に入る。本当はもっとシャレたお土産《みやげ》を渡したかったが、早朝では改札内の売店しか開いていなかったのだから仕方がない。

すぐに出てきてくれたのは、古くからの仲居さんだった。

「まぁ、夕子ちゃん。どうしたの、突然」

驚きと喜びの混じった笑顔に、私も涙ぐみそうになる。私は「みなさんでどうぞ」と「東京ばな奈」を押し付けた。ほとんど照れ隠しだ。

「雄二さんはね、今、外仕事に出ちゃったのよ。源泉のほう。上がって待っていて」

目じりをさっと拭《ぬぐ》いながら、親切に仲居さんが教えてくれる。

父がいた頃、家族のように接してきた従業員たちは父を「社長さん」と呼んでいた。彼女が「雄二さん」と父がいた頃のように叔父を呼ぶのを聞いて複雑な思いになる。

「私、ドングリを拾うために帰って来たんです。今日中に東京に戻らなくてはいけないので、さっそく山に行ってきます。源泉のほうで、おじさんに会うかもしれないし……」

間もなくこの町には雪が降る。旅館のすぐ横を流れる渓流の百メートルほど上流が源泉だ。父がいた頃から叔父はその管理を任されていた。

玄関を出た私は、石段を下って河原へ出た。

川上からの風は、すっかり冬のように冷たく、微《かす》かに硫黄《いおう》のにおいが混じっている。久しぶりの懐かしい香りに胸の奥がわずかに痛むのは、ここにもう両親がいないからかもしれない。

旅館の先で川が大きくカーブしているので叔父の姿は見えない。

私は山に続く、踏み固められた細い道に入った。降り積もった落ち葉の上に足を乗せると、ふわりと足が沈み込み、すぐに表面の乾燥した葉が砕ける繊細な感覚が足の裏に伝わる。この感覚がたまらなく懐かしかった。

毎年、秋になると、母はこの裏山でドングリや松ぼっくり、小さなイガ栗《ぐり》を拾い、アケビの蔓《つる》を使ってクリスマスのリースを作った。いや、秋だけではない。春は山菜を採り、夏は料理のあしらいに使う笹《ささ》や山椒《さんしょう》の葉を採り、秋には木の実やキノコも採れた。ことあるごとに山に入った記憶は、そのまま両親との思い出だった。

目を閉じ、耳を澄ます。

ずっと昔と同じく、雨のように頭上からはハラハラと落ち葉が絶え間なく降り、枝を離れたドングリが地面に落ちるポトポトという音が聞こえる気がした。

松ぼっくりを求めて近づいた松の木のそばでは、幼い颯馬がキノコを見つけて「松茸《まつたけ》だ」とはしゃぐ声まで思い出す。

懐かしい思い出が次々に蘇《よみがえ》ってくる。楽しかったなと思う。たくさんの思い出をくれたこの場所は、やっぱり大切な場所だと改めて実感する。

「よーし、やるぞ」

気合を入れて、勢いよくしゃがみこんだ。落ち葉の中からドングリを拾う。落ちたばかりの時はツヤツヤと輝いていただろうが、今はくすんだような濃い茶色だ。深みを増したようで味がある。

「どうせなら、紅葉の季節に来たかったな。今は寒いだけじゃん」

ブツブツと独り言を言いながら、少しずつ移動して落ち葉をかき分ける。

母が作ったリースは、今になってどれだけセンスがよかったのか理解できるようになった。あの頃は、蔓も木の実も当たり前のように身近にありすぎて、特別な感想など抱かなかったのだ。

しかし東京に出て、都会の人がどれだけ自然のものに心を惹《ひ》かれるか気づかされた。

自然素材をうたったインテリアショップでは、母が作ったようなリースやスワッグが、びっくりするくらいの値段で売られていたし、素材としての松ぼっくりやドングリに値段が付くなど考えたこともなかった。

渋谷店の常連のマダムたちが、自然素材のリースを作る教室に通っていると、何気なく耳にしたのはいつのことだったか。確かに、そういうものを好みそうなお客様は渋谷店の常連様に多い。だからこそ、天間支配人とクリスマスについて話をした時、私もリースを作ってお店を飾りたいと思ったのだ。

どんなにお客様を喜ばせたくても、私はまだ先輩たちには敵わない。お客様に満足していただくための武器が私には全然足りない。

それでも、私もお客様に喜びや驚きを与えてみたい。例えば、伊崎主任がおすすめしたワインで、はっとお客様が目を見張るように。

そこで私が思いついたのは、クリスマスの雰囲気を盛り上げる飾り作りだった。

天間支配人は店内に大きなツリーやリースが入ると言っていた。

ならば、テーブルに置く小さな飾りはどうか。母のリースの小型版だ。テーブルの真っ白なクロスの上にちょこんと置けば、きっと可愛《かわい》いアクセントになってくれる。

このアイディアを提案した時、天間支配人と当麻さんはすぐに賛成してくれたが、生まれも育ちも中目黒という伊崎主任は難しい顔をした。

「既製品ならともかく、手作りなんてうまくできるのかな。そもそも、衛生的にどうなの？　虫なんかついていたら嫌だよ」

「素材は厳選しますし、ちゃんと消毒します！　私もお店のために何かしたいんです。だって、クリスマスに来てくださるお客様は、間違いなく素敵な時間を過ごしたいって思っているはずですよね。だから、雰囲気作りも大切だと思うんです」

最後は、牧田料理長が出てきて「やってみろよ」と言ってくれたおかげで、伊崎主任にも頷いてもらえた。

しかし、まさか私が実家の新潟まで材料を集めに行くとは思っていなかったようで、

「次のお休みに行ってきます」と言うと誰もが驚いた。

「素材なら都内でも手に入ります。浅草橋あたりにそういうお店がたくさんありますよ。さすがに交通費はお店で出せませんし、休日返上ではあなたが大変です」

支配人の言葉に私は首を振った。

「個人的な帰省ですから心配いりません。実家の裏山は材料の宝庫です。自分で集めないと、意味がないんです」

支配人には私の思いが伝わったようだが、当麻さんは無邪気に「実家が温泉なんて羨ましいよな。せっかくだから親に元気な顔を見せて、風呂にも浸かってこいよ」などと言っていた。

「よーし、もうひと頑張り」

すでに手に持ったビニールは、ドングリや松ぼっくり、イガ栗や栗の実でいっぱいだった。そういえば、山に入る時は、どこに収穫があるか分からないから、いつでも袋を持っていないとダメだと言ったのは母だった。

足元に、これまでなかったトゲトゲとした実を見つけ、これは何だったかと考える。ああ、ブナの実だ。不思議だ。幼い頃、父に教えてもらったことを覚えている。すっかり忘れたようでも、記憶の奥底にいつまでも眠っている。

ここで育ってきたんだと思った。枯葉の積もった地面に両手をつくと、じんわりと温《ぬく》もりを感じる気がした。

木の実のほか、まだ鮮やかな色の残った落ち葉や、形のきれいな葉、蔓に残ったままだった萎《しな》びた山ブドウもハサミを使って収穫した。いたるところに這《は》っているアケビの蔓も集めていたので、かなりの荷物だ。

葉を落としたこの時期でも、アケビや山ブドウ、漆《うるし》の蔓はほぼ完璧《かんぺき》に見分けがつく。蔓の水分量が減る、秋から冬にかけてが収穫に適した時期だということも知っている。仕事では何の役にも立たない知識だが、何やら自分が誇らしかった。

曲げていた腰を伸ばして振り返った。かなり高い所まで登っていた。

木々の間から下のほうに旅館のくすんだ赤い屋根が見えた。そこに両親がいないなんて、やっぱり信じられない気がした。

けれど、私は自然と「ありがとう」と微笑んでいた。

登ってきた時と違う、川の上流に出る道を下ると、次第にサラサラと渓流の音が聞こえてきた。枯れ木の間から見える白っぽい河原では、所々から水蒸気が上がっている。小さな小屋のあたりで、腰をかがめて作業をしているのは雄二おじさんだ。風向きが変わり硫黄のにおいが微かに漂う。

「雄二おじさん」

大声で呼ぶと、立ち上がった叔父は、私を見つめてぽかんと口を開けた。

「夕子ちゃん、どうしたの。来るなら教えてくれればいいのに。突然山から出てくるなんて、熊《くま》に出くわすよりもビックリしたよ」

私はいっぱいになったビニール袋と、束ねたアケビ蔓を目の高さに掲げた。

本当は叔父に会わずに帰ろうと思っていたはずが、懐かしい空気の中にいるうちに気持ちが変わっていた。

「働いているレストランで、クリスマスの装飾をしようと思うんです。ほら、お母さんも毎年リースを作っていたでしょう？　それを思い出して」

「ああ、そうだね。作っていた。去年はクリスマスどころじゃなかったからなぁ。ただ、年末年始の繁忙期をどう乗り越えるかに必死でさ。そうそう、常連のお客さんたちもみんなビックリしていたよ。中にはお線香を上げたいって人までいてね、社長も女将《おかみ》さんも、お客さんに慕われていたからなぁ」

「……ごめんなさい。こっちのこと、すっかり投げ出して任せっ切りにしてしまって」

叔父がきょとんと私の顔を見つめた。父によく似た顔だ。

「気にしているの？　馬鹿だな、当然の流れだよ。もともと夕子ちゃんは東京で働きたいって言っていたし、あんな状況でも就職活動をして、今は東京で立派に働いているんだからすごいと思う」

立派とは言えないが、あの時、何もかも諦めてここに戻ってくるということも考えなかったわけではない。叔父の言葉に少しほっとする。

「……でもさ、颯馬はどう思っているのかな。ほら、もともとは、経営を勉強して、ここに戻ってくるはずだっただろ？　今もそう思ってくれているのか、もう、しがらみはなくなったと、別の道に進みたいと思っているのか、どうなんだろうね」

叔父のことだから、颯馬が旅館を継ぐと言えば、きっと身を引いて、再び支える立場に回るつもりなのだろう。

「ここに来たくないみたい。颯馬の気持ちを知りたいし、おじさんと話をしてもらいたいのに、うまくいかないんです。来年は四年生だし、将来のことをどう考えているのかなって、私はやきもきしてばっかりです」

「昔から頑固だったし、ああ見えて、甘えん坊だったから、社長や女将さんのことに、なかなか踏ん切りがつかないんだよ。焦らせちゃいけない。どっちみち、俺がここにいることに変わりはないんだからさ、颯馬も夕子ちゃんも、いつでも帰る場所があるってことだけは、覚えておいてよ」

雄二おじさんの優しさに胸が詰まった。

一緒に旅館まで戻り、両親に線香を上げた。仏壇には私が持ってきた「東京ばな奈」がお供えされていて、仲居さんの気遣いに、思わず泣きそうになった。

駅までバスに乗ると言う私を、雄二おじさんは車で送ると言ってきかなかった。

「明日も仕事なんだろ？　電車の本数も少ないんだから、バスを待っていたら時間がもったいない」

急《せ》かされながら「薫風《くんぷう》の宿　霜鳥館《しもとりかん》」と車体に書かれたミニバンに乗り込んだ。高校時代、駅まで迎えに来るこの車が少し恥ずかしかった。

助手席の窓から眺める風景は、やっぱりあの頃と変わっていない。一瞬、隣にいるのは父ではないかと錯覚してしまう。しかし、聞こえてきた声はよく似ているけれど、父よりも物静かな叔父の声だった。

「少しずつ霜鳥館が変わるのは許してね。新しい板前さんにも来てもらったし、仲居さんも一人増やしたんだ。夕子ちゃんも知っているよね、駅前の土産物屋のおばさん。今じゃ電車を使う観光客もほとんどいないから、今年の春に店を畳んだんだよ。接客には慣れているから、ちょうどいいなって」

実際、働き頭の両親がいなくなったのだから、その穴を埋めるのは大変だったはずだ。

もともと人に指図をするのが苦手な叔父にとって、まさに苦難の日々だったと思う。

「ベテランの従業員がみんな協力してくれて、なんとかやってきたよ。ここまでくると、もうみんな家族みたいなものだな」

私が渋谷店で感じていることを雄二おじさんも口にする。

「そうやって、みんなが霜鳥館を守っていこうと思ってくれているのが、本当にありがたいです」

「うん。俺もそう思った。感謝しかない。だから、守らなきゃいけないんだよな、あそこを」

前方に小さな駅舎が見えてきた。豪雪地帯ならではの、頑丈そうなコンクリートの箱のような駅舎だ。無人駅でもおかしくないほどだが、昔は温泉地としてにぎわったからか、今でも数名の駅員さんがいる。

「夕子ちゃん、後ろにサツマイモが積んであるから、荷物になるけど持って行ってよ」

「サツマイモ？」

「うん。仲居さんの畑で作っているイモ。毎年、たくさん分けてくれて、夕子ちゃんも颯馬も食べていただろ？」

小中高、お腹《なか》を空《す》かせて学校から帰ると、まずは卓袱台《ちゃぶだい》の上に置かれた蒸《ふ》かしたサツマイモを食べていた。

「夏はトウモロコシでも送ろうかって迷ったんだ。大好物だったもんな。でもさ、やっぱり迷惑かなとか、色々考えちゃってね」

照れたような顔に、叔父は私の想像よりもはるかに私と颯馬のことを心配してくれているのかもしれないと思った。

「サツマイモ、いただきます。颯馬も喜ぶと思います」

「よかった。じゃあ、体に気を付けてな。仕事、頑張るんだぞ」

「うん。おじさんも。霜鳥館、よろしくお願いします」

再び在来線と新幹線を乗り継ぎ、東京駅に着いたのは午後八時を過ぎていた。それでもまだ店にいれば、ディナータイムのまっ最中の時間だ。

今夜は忙しいだろうか。常連様はどなたがいらしているのかと考えてしまい、苦笑する。こんなに自分は渋谷店のことを考えているのに、あと二か月で閉店してしまうなんて、やっぱり悔しくてたまらなかった。

新幹線の改札を出ると、駅構内を行きかう人の多さに怯《ひる》んだ。あまりにも数時間前にいた世界と違う。東京の人の多さは圧倒的だ。

木の実の詰まったリュックを背負い直し、サツマイモの入った重い紙袋の持ち手を握り締める。何とかせわしない人の流れに入り込み、地下深い総武線快速のホームへ向かった。

錦糸町《きんしちょう》で各駅停車に乗り換え、亀戸駅で下りると、どっと疲れを感じた。いつもよりもずっと早起きをして動き回っていたのだから仕方がない。

重い足を引きずってアパートの階段を上ると、共用廊下に面した台所の窓が明るかった。玄関を開けると、颯馬がテーブルの椅子《いす》から飛び上がった。仕事の日なら、私の帰宅時間はあと二、三時間も遅い。驚くのは当然かもしれない。

慌てて四畳半に向かう颯馬を、私は「待ってよ」と呼び止めた。そこで颯馬はようやく私のほうを向き、上から下までまじまじと眺めた。

「どうしたの、そのカッコ」

ウィンドブレーカーにジーンズ、背中には大きなリュックを背負い、しかも手には大きな紙袋をぶら下げている。

「霜鳥館に行ってきた」

さっと颯馬の顔に緊張が走る。私はおもむろにリュックを下ろすと、中から木の実の詰まったビニールを引っ張り出した。

「ほら、大量」

はっと颯馬が鼻で笑う。「そのために？　わざわざ？」

「お店でクリスマスの飾りを作るの。あんたも覚えているでしょう？　お母さんがいつも作っていたヤツ。それから、これ、雄二おじさんにもらった」

サツマイモの入った紙袋を持ち上げたとたん、持ち手が破れて、サツマイモが五本、鈍い音を立てて床に転がった。

颯馬が吹き出した。

「でかいイモ。こんな紙袋で、よくここまで耐えたな。駅や電車の中だったら、最悪だ」

颯馬が笑いながらしゃがみ込んだ。突然のアクシデントに、颯馬もいつもの調子をなくしていた。私は嬉しくなって、颯馬が拾ってくれたイモを受け取る。

つくづく立派なイモだった。昔、母が蒸かしてくれた細いイモとは大違いだ。私が線香を上げている間に、叔父はわざと大きなイモばかりを見繕ってくれたに違いない。

颯馬もそのことに気づいたのか、「おじさん、どうだった?」とぼそっと訊いた。

「河原の源泉、きれいにしてくれていた。心配していたよ、私たちのこと」

颯馬は口をつぐむ。やっぱりこのまま四畳半に行ってしまうのかと思ったが、立ち上がった颯馬は、そのままさっきまで座っていた椅子に腰を下ろした。

「そのイモ、食べたい」

「今?」

「今、食べたい」

いつもよりも颯馬が近づいた気がして、顔がにやけた。

「いいね。こういうのは、早いほうがいいよね」

すっかりほこりをかぶっていた大きな鍋《なべ》で湯を沸かす。しかし、蒸しあがるのを待つ間、妙に心
料理とも言えない、ただイモを蒸かすだけだが浮き立った。次第に甘酸っぱいようなイモの香りが漂ってくる。。鍋から漏れる蒸気が、ほのかに台所を温めてゆく。いつもいいにおいがした旅館の厨房《ちゅうぼう》を思い出す。

「おじさんがね、颯馬はどうするのかなぁって」

熱いイモをお皿にのせた。恐る恐る両手の指先でつまみ、何とか半分に割る。割った瞬間、中からモワッと湯気と甘い香りが溢れ出す。

「とりあえず、半分こ」

颯馬は熱々のイモを持つことができず、しばらく経ってから、ようやく持ち上げてふうっと息を吹きかけた。

「ああ、この味。東京で売っている、上等な焼きイモとは違った、素朴な甘さ」

「そうそう、田舎の畑で毎年作っている、すでに品種も分からないイモ。黄金色でも、ねっとり系でもなく、ずば抜けて甘くもないけど、それなりに美味しい蒸かしイモ！」

私たちが子供の時から食べてきた味だ。まさに取り立てて素晴らしさはない。けれど、涙が出るほど胸に迫ってくるこの感覚は何だろう。

颯馬は食べ終えると、「ご馳走様《ちそうさま》」と言って立ち上がった。

私は帰りの新幹線の中でずっと考えてきた言葉を、追いかけるように颯馬の背中に向け

て放った。

「旅館を継ぐことに縛られなくていいと思うよ。もうお父さんもお母さんもいないんだもの。颯馬にやりたいことがあるなら、やりたいことを優先すればいい。自由にさ」

ウン、と颯馬が背を向けたまま、小さく頷く。

「でも、おじさんには、そのことを颯馬からちゃんと伝えてあげたほうがいい。おじさん、颯馬の意思をちゃんと尊重して、今も待ってくれているから」

「分かっている。俺には、旅館なんてやれない。おじさんにも伝えなきゃいけないってことも分かっている。だけど、まだ、あの場所には行きたくない。……行けないんだ」

颯馬の思いは、行ってきたからこそ、私にもよく分かった。

何を見ても懐かしくなる。その懐かしさを、「楽しかった」と思えるようになるのは、颯馬にとって、まだまだ先のことなのだ。

それでも考えてしまう。両親の痕跡《こんせき》を残したくて私が接客の道を選んだように、颯馬にも何か、両親に繋がるものを、今後も自分の中で活かし続けてくれたらいいのにと。

翌日、出勤した私は、里山の秋をそのまま形にしたようなビニール袋を天間支配人と当麻さんに得意げに見せた。

二人は期待通りに目を丸くしてくれ、イモを三本差し出した牧田料理長には、「立派なイモだな。賄いでサラダにでもするか」と喜んでもらえた。

その日の休憩時間から、私は飾り作りに取り掛かった。

個室のテーブルに新聞紙を広げ、ビニール袋の中身をあける。拾った時に確認したつもりだったが、中には虫食いの穴が開いたドングリや栗の実が混ざっていて、伊崎主任がお休みでよかったとつくづく思った。

使えそうなものを同じ種類ごとにより分け、普段からお店で使っている消毒用のアルコールで磨いた。

木の実を見つめ、イメージを膨らませる。テーブルに置くからには、清潔感があって、お料理の邪魔にならないよう、目立ちすぎず、こぢんまりとしたものがいい。

そうだ、せっかく材料はたくさんあるのだから、お客様が気に入ってくれたら、そのまま持ち帰ってもらえるようにしたらどうだろう。

まず、蔓を一本取って、何回か拳《こぶし》に巻いて輪っかを作り、細いワイヤーで固定した。そのまま目の高さにしてまじまじと見た。テーブルに置くには、少し存在感があり過ぎる。

次はゆったりと二重巻きにして、接着剤で木の実をつけてみた。なかなかかわいらしい。これだ、と思った。この方法で、木の実を変えて何種類か作ろう。

巻くほどの長さがない中途半端な蔓の切れ端は、数本を束ねて麻ひもで縛り、小さなスワッグのようにした。こちらにはナナカマドの赤い実や、紅葉した葉を一緒に束ねると、やっぱりかわいらしい。材料も無駄にならず、なんていいアイディアなんだと嬉しくなった。始終、鼻をかすめる枯れた枝のようなにおいが心地よかった。故郷の秋のにおいだ。

支配人や当麻さん、調理場の先輩たちが、私の作業場を覗《のぞ》きに来た。

牧田料理長まで「使うか？」と瓶に詰められたスパイスを持ってきてくれた。シナモンスティック、クローブ、スターアニス。形も個性的でかわいいし、ほのかに香るのも面白い。ありがたく私は使わせていただくことにした。

「それ、装飾用に廊下に飾ってあったものだよ。この店を畳んだらどうせ廃棄されるだろうし、使えるなら、そのほうがいいと思ってさ」

「余すことなく使い切ります。ありがとうございます」

休憩が終わると、材料や道具を支配人からもらったワインの木箱に片付けて、仕事に戻った。いつしか個室は「霜鳥工房」と呼ばれるようになり、私は恥ずかしいような嬉しいような、複雑な気持ちだった。

「長くこの店でクリスマスを過ごしていますが、こんな発想は初めてでした。霜鳥さんのおかげですね。ここは千早さんの妙な戦略のおかげで、女性的な目線が欠けていた気がします。本社が手配するツリーやリースで満足していたんです。ワインや料理で差をつけることばかり考えていたなんて、今思えばこちら本位でした」

「お客様だって、いつもと違うワインやお料理は嬉しいと思いますけど」

「いいえ。こちらも全力で雰囲気を作ってお迎えしなければ、いつもより高価なワインや料理をおすすめするのも申し訳ない気がします。今になって、初めて気が付きました」

「女性のお客様が多いですから、雰囲気はやっぱり大切だと思います。伊崎主任の接客には敵わないと思いますけど」

「店内の雰囲気、お料理、ワイン、そして素晴らしいサービス。きっとすべてがそろった、素晴らしいクリスマスになりますね」

支配人の笑顔に、私もその光景を思い浮かべてうっとりと微笑んでいた。


十一月の半ば過ぎ、いつものように私が休憩時間に個室で飾り作りに没頭していると、ワインの木箱を抱えた支配人が入ってきた。

「順調ですか」

「はい。もうすぐ材料も使い切ります。かなりの量ができました」

「こちらも順調です」

支配人が抱えた木箱には、びっしりと赤い封筒が詰まっていた。

「クリスマスカード発送用の封筒です。カードは来週にならないと本社から納品されませんが、封筒の宛名《あてな》書きはすべて終了しました」

「私、てっきりみんなで分担して書くのか、もしくはプリントアウトしたラベルを貼るのかと思っていました。この個室がまた作業場になるのかなって」

天間支配人はなぜかにやっと笑った。いつもとは違う、不良社員の笑みだ。

「プリントアウトなんて、とんでもない」

そこで天間支配人は木箱から数枚の封筒を抜き出して、私の目の前に掲げた。

ハガキサイズのカードが入る、真っ赤な洋封筒。そこに黒々と毛筆でしたためられた縦書きの宛名の文字。この力強さは決して筆ペンではない。気のせいか、なんとなく墨の香りさえ漂っている気がする。

あまりのインパクトに、私は言葉を失って、まじまじと封筒を眺めていた。

「中身を見ずにいられないでしょう? 毎年、伊崎君が書いてくれるんです。ご実家は書道教室で、彼もまたなかなかの腕前です」

「恐れ入りました……」

この季節になると、毎年、伊崎主任も個室にこもって宛名書きに没頭するらしい。私が飾りを作っているのとは違う個室が、「伊崎工房」になっていたわけだ。思いがけない伊崎主任の特技に、ますます敵わないな、と苦笑した。

その夜の閉店後、いよいよ店内にクリスマスツリーとリースが設置された。

上品なオーナメントがたっぷりと付けられたツリーもリースも大人っぽくて、渋谷店によく似合う。店の雰囲気はがらりと変わり、控えめに落とされた店内の照明のもとで、ツリーとリースがキラキラと優しい明かりを点滅させている。まるで、子供の頃に読んだ童話の世界のクリスマスだ。しかし、その輝きも最後かと思うと、なぜか切なかった。

十一月も残り一週間となった。

私の飾り作りは終了し、ワインの木箱二箱に保管されている。

最近の休憩時間は、伊崎主任が宛名書きをしてくれた封筒に、みんなでクリスマスカードと閉店のお知らせを入れる作業を行っていた。

今朝の朝礼で、天間支配人は話をした。

「着々と準備を進めてくれてありがとうございます。いよいよ、十二月が目前となりました。今後のスケジュールを、ここでもう一度確認しておきたいと思います」

クリスマスカードは、早急に作業を終えて、十一月中にお客様のもとに到着するように発送すること。

「閉店謝恩スペシャルコース」は、十二月一日から三十一日まで、昼夜、予約の有無にかかわらずお受けすること。

例年は十二月になると始めるクリスマスメニューは、今年に限っては十二月二十日から二十五日までとすること。この期間は、持ち帰りのオードブル販売もあり、店内の混雑も予想できるので、予約には十分に注意をすること。

私が作った飾りも、この期間にテーブルに置かれることになった。

「みんな一丸となって取り組んできた準備も、いよいよ本番です。お客様に喜んでいただきたいという思いで結びついた僕たちのチームは、仕事を進める上でも心地よく、強い結束力を感じました。このまま、最後まで走り続けましょう。これからの一か月は、お客様にとって忘れられない時間になるだけでなく、僕たちにとっても必ずそうなります。気を抜かず、よろしくお願いします」

このおよそ一か月、私は飾りを作り、伊崎主任は宛名をしたため、その傍らで天間支配人とおすすめするワインの打ち合わせをし、調理場スタッフは、「謝恩コース」とクリスマスメニューの試作やオペレーションに追われていた。当麻さんはその間、お店の通常業務にかかわることを一手に引き受けてくれていた。

今から目が潤みそうになるのをこらえていると、牧田料理長が「こら、支配人。いい言葉は閉店の日までとっておけよ」と明るく笑った。

朝礼の後、伊崎主任が私を呼び止めた。また何かやってしまったかと、反射的に背筋が伸びる。

「霜鳥さん、後でいいから、弟さんとおばさんの住所、教えてよ」

「え？」

「閉店の日にご招待するんだろ？　だったら、ちゃんとご案内を送らないと。まだ封筒もクリスマスカードも残っている。宛名書きをしてあげるよ」

　きっと支配人が伝えてくれたのだろう。颯馬宛に、あの力強い毛筆書きの封筒が届くかと思うと、何やらワクワクした。

「私にまで、いいんですか」

「毎年、俺の仕事だから。いくら身内の家族とはいえ、お客様だからね」

　一瞬、耳を疑った。

「身内って、私のことですか」

「当たり前だろ、同じ店にいるんだから。俺、結構君のこと、評価しているんだ。休憩時間にずっと飾りを作って、しかも、材料までわざわざ故郷で集めて。ここを大切に思ってくれていないと、そこまでできないだろ？　まだ配属されて半年なのに、俺たちと一緒になって頑張ってくれているのが、ちょっと嬉しかった」

「伊崎主任が、そんなふうに言ってくれるなんて、びっくりです」

「君は一生懸命さだけが取り柄だからね。だけど、空回りも多いから気を付けて。いつも目先のことだけで解決しようとするし。知識とか技術は、一朝一夕には身に付かないから。他の店には、いくらでも厳しい先輩がいる。頑張っていくしかないよ」

　ずっと、伊崎主任には落ちこぼれだと思われていると諦めていた。でも、伊崎主任も私のことをちゃんと見ていてくれたのだ。またしても胸が熱くなって目が潤みそうになる。

「あーあ。あと一か月ちょっとか。俺の苦労も報われなかったな」

伊崎主任が長い腕を上にあげて、大きく伸びをした。

「今年の初めから閉店の話は出ていたんだ。だけど、正式な通達はなかったから、売上をキープして、お客様の評判が上がれば、続けられるんじゃないかと思ったんだけどな。そう甘くはなかったか」

私はなぜかストンと納得した。

もともと伊崎主任が厳しいと聞いていたが、いくら何でも新入社員の私にまで難題を押し付けすぎだと思っていた。しかし、それもすべて、店を存続させたいがためだったのだ。

「俺、天間支配人とここで働くのが好きで、二年前、いずれ支配人への昇格も視野に入れてって、新宿店への異動を打診された時も断ったのにさ。まぁ、決定されたものは仕方ない。あと一か月、足を引っ張るなよ」

私は急激に伊崎主任に親近感がわいてきて、「はいっ」と大きく応じた。

やっぱり、私が以前天間支配人に言ったことは間違っていない。

みんながこの店を大切に思い、よくしようと真剣だった。

あと、一か月。いや、まだ一か月ある。全力で頑張ろう。先輩たちに少しでも追いつけるように。

第五話　ラストオーダー

十二月一日。渋谷駅の改札を出て、まだ大半が開店前のショップに挟まれたゆるやかな坂道を歩きながら、この道を通るのもあと一か月なんだな、としみじみ思った。

先輩たちと離れるのがつらい。そして、異動先での新しい生活が怖い。

やっぱり、閉店なんて嫌だとため息をついて立ち止まると、後ろから近づいてきた足音もぴたりと止まった。一緒に早番をやることになっている当麻さんだった。

「急に止まるなよ、びっくりするだろ」

「当麻さんこそ、後ろにいるなら声をかけてくださいよ」

「ギリギリまで気づかなかったんだよ。いやぁ、この時期の街って華やかでいいよな。まだ開店前だけど、どこの店のディスプレイにもクリスマスツリーがあってさ。つい見とれちゃったよ。まぁ、俺《おれ》たちの店には敵《かな》わないけど」

当麻さんは、私の感傷など吹き飛ばしてくれるほどにいつも明るい。

「いよいよ今日から『謝恩コース』も始まるし、頑張らないとな」

にっこり笑った当麻さんは、私の肩を勢いよく叩《たた》いた。すっかり舎弟扱いだ。

その日の昼から、さっそく予約や「本当に閉店するの？」という問い合わせの電話が入り始めた。クリスマスカードが無事に届いたということだ。

中には、直接お店まで「閉店なの？」と訊《たず》ねに来た常連様もいて、そのまま「謝恩コース」を召し上がってお帰りになった。

この日だけで、私も、先輩たちも、いったい何回「閉店？」と訊《き》かれたことだろう。そのたびに私たちは、心からお伝えした。

「残念ですが本当です。今までご贔屓《ひいき》にしていただいて、ありがとうございます」と。

お客様のがっかりした顔を見るたび、大切な場所を奪ってしまうような気がして申し訳なかった。それでも、たいていのお客様が「閉店までに、また来るよ」と言ってくださるのが嬉《うれ》しかった。

クリスマスカードの反響はかなりあったようで、一日からの数日間で、私の知らない、かつての常連様がかなり訪れているようだった。

「支配人、溝口《みぞぐち》さんにお会いしたのは三年ぶりです。閉店の効果って絶大ですね」

伊崎主任が声をひそめると、天間支配人も真面目《まじめ》な顔で頷《うなず》いた。

「僕も、年がら年中閉店セールをやっている店の気持ちを理解しました。まさに最終兵器ですね。前の支配人から引き継いだお客様も含めて、確かにかなりのカードを送りましたが、すぐにこれだけ反応があるとは驚きです」

第一週目からにわかに活気づき始めた店内の様子に、私たちは喜びながらも複雑な心境だった。どんなにお客様が訪れようと、それがこの先の渋谷店に繋《つな》がることはない。

その日も昼間から顔見知りのお客様が多かった。

夜も早い時間からちらほらとお客様が姿を見せ始め、あっという間に満席になりそうだと、こっそり当麻さんと話している時だった。

「ちょっと、天間君。本当に閉店しちゃうの？　困るよ。大切な店なんだからさあ」

突然聞こえた男性の声に、驚いて玄関のほうを見た。中年の男性が、ちょうどレジにいた天間支配人に馴《な》れ馴《な》れしい様子で話しかけている。

もちろん支配人は笑顔で対応しているが、そのお客様はすでに酔っているのか、口調が危なっかしい。はらはらしながら見守る私に、当麻さんがさりげなく耳打ちした。

「あのお客様は高山《たかやま》さん。昔の常連だよ。奥さんと来ていた時は、あんなじゃなかったんだけどな」

高山さんは案内する支配人の横をすり抜け、さっさと窓際の一番テーブルに座ってしまった。これまで何度もここに座ってきたのか、さも自分の指定席という様子だ。

私が知る限り、このお店の常連様はどなたも上品で、どんなに気さくな方でも、馴れ馴れしいと感じる方はいない。

高山さんはすでにお酒も入っている様子だし、騒いだりしなければいいがと案じていると、なぜか一番テーブルに着くなり、急にしゅんとおとなしくなってしまった。

「どうしましょう。メニューをお出ししたほうがいいですよね？」

当麻さんは、私を制するように首を振った。それからわずかに顔を上げてバーカウンターを示す。天間支配人がボトルのワインを持って、出てくるところだった。

支配人はまっすぐに高山さんのテーブルに進むと、ボトルを置く。

「グラスはお二つでよろしいですか」

高山さんは支配人を見上げ、小さく頷いた。

初めから二つのグラスを用意していた支配人は、今度は「お開けしても？」と訊ねる。再び、高山さんが頷く。支配人はワインを抜栓すると、二つのグラスにゆったりと注いだ。真っ白なクロスに、赤ワインの花が咲いたようだった。

支配人が下がっても、なぜか高山さんはグラスを見つめるだけで、手をつけようともしない。いつまでも、ただぼんやりと見つめているだけだった。

結局その夜は、お料理のオーダーもせず、ワイン一本分の支払いを済ませて帰ってしまった。

気になった私が訊ねてみても、支配人は淡く微笑《ほほえ》むだけで何も答えてはくれなかった。

その翌日の夜も高山さんがご来店した。

混み合う前の時間だったので、また一番テーブルにご案内することができた。

この日も支配人は同じワインを用意して、前日と同じように二つのグラスに注ぐ。

「どうして、グラスを二つ用意するんですか」

支配人がバックヤードに入ってきた瞬間を逃さず、すかさず訊ねると、今度は逃げられないと思ったのか、「奥様の分です」とため息のように答えてくれた。

「当麻さんが、以前は奥様といらしていたと言っていました」

「高山様は、月に二、三回はいらっしゃる常連様でした。ですが、いつもご一緒だった奥様が亡くなってから、パタリと来なくなってしまったのです。閉店と知って、いてもたってもいられなかったのでしょう」

指定席は一番のテーブル、ワインは必ず同じものを一本。

「一番のテーブルは奥様のお気に入りでした。ロビーの真下ですが、衝立《ついたて》の陰になりますし、ホールに背を向ければ、他《ほか》のテーブルからお顔が見えません。奥様はご病気を患っていらして、痩《や》せたお姿を他のお客様に見られたくなかったのだと思います」

支配人はいたわるようなまなざしで、ぽつんと座る高山さんを眺めた。

「いいえ、きっと奥様は、せっかくお食事にいらっしゃった他のお客様を気遣って、痛々しい姿を見せないようにしていたのでしょう」

「そうだったんですか……」

そんなにまでして、この店に来てくれていたのはどうしてだろう。何か、食べたいお料理があったのだろうか。それとも、お気に入りのワインを飲みたかったのだろうか。

それにしては、今の高山さんはワインに口もつけず、メニューを眺めようともしない。

「支配人、お料理をおすすめしてみてもよろしいでしょうか」

「もちろん。ただ、高山様が注文されるかは分かりませんよ。今日もワインさえ召し上がっていません」

「でも、支配人。ここはレストランです。奥様を懐かしんで、ここにいらっしゃったとしたら、思い出の味を口にするのが一番だと思いませんか」

高山さんが見つめる減らないワインに、いるべき人の不在を見せつけられている気がした。支配人から話を聞いたせいか、ぼんやりとグラスを見つめる顔まで寂しげに見える。

「あなたのオムライスのようにですか」

「そうです」

どうせ思い出すならば、楽しい記憶のほうがいい。一瞬でもその中に浸れば、幸せな気持ちに胸が温かくなる。

「高山様が、いつも何を召し上がっていたのか覚えていますか？」

「残念ながら、覚えているのはワインだけです。これというメニューが記憶にないのは、そのつど違うものをご注文されていたからだと思います」

支配人が分からないのなら、きっと伊崎主任や当麻さんに訊いても同じだろう。

「ワインのためにご病気の奥様が来店されるとも思えませんし、きっと何か食べたいものがあったのだと思うのですが……」

「言われてみれば確かに不思議ですね。常連様はたいていお好きなメニューがあって、食べたくなったからとご来店されます。当店のように定番の洋食を扱うお店は特にそうだと思います」

塩谷さんのように決まって海老《えび》グラタンを注文するお客様もいる。

コース料理だったのかとも考えたが、ご病気の奥様が食べきれるとも思えないし、毎回コースを注文していたら、間違いなく支配人も覚えているはずだ。

「ちょっと、行ってみます」

意を決して、私は一番テーブルへと向かう。いつからこんな積極性が身に付いたのだろう。以前は質問されるのが怖くて、お客様のテーブルに近づけなかった。それが今では、浮かない表情のお客様が気になって仕方がない。

高山さんは、明らかに何かを求めてこのお店に来てくれた。その〝何か〟が分かれば、暗い顔でワインを眺めている高山さんを、もっと明るい気持ちにすることができるかもしれない。

「何も召し上がらないんですか」

「見ない顔だね。新入社員？」

気だるそうに高山さんが顔を上げた。頬《ほお》はこけ、目は充血していた。疲れた顔だ。

「霜鳥です。この春入社しました」
二、三年ぶりなら、スタッフの顔ぶれが変わっていても不思議はない。今はめったに訪れないかつての常連様にかぎって、「よく来ているのに」と残念そうに言うのを、この数日間で何度も聞いた。
「よろしければ、ワインに合う軽いお料理でもご用意しましょうか」

「そんなこと言って、クリスマスカードと一緒に届いたメニューでも食べさせるつもりじゃないのかい。閉店謝恩なんちゃらってやつだ」

そこまでしっかり覚えてくれていることに驚いた。

「絶対に嫌だね。そもそも、勝手に閉店されちゃ困るんだ。そんなコースを食べたら、閉店を認めたようなものじゃないか」

なかなか強情そうだ。これ以上おすすめしても雲ゆきが怪しくなりそうな気がして、私は引き下がることにした。

「追い払われたようですね。ごり押しするのではないかと、正直ヒヤヒヤしました」

バーカウンターの中で、天間支配人はコーヒーの準備をしていた。

「時と場合はわきまえています」

私はたまったグラスを洗い始める。「でも、いいのでしょうか。お飲み物だけで何時間も一つのテーブルを占領して……」

自分でも難しい質問だと分かっていた。もちろんお客様にはゆっくりと時間を過ごしてもらいたい。けれど、会社組織としてこのお店を営業している限り、定められた売上は確保しなければならない。

ワイン一本で長時間滞在する高山さんは、はっきり言うといいお客様ではない。ワイン横のテーブルでは、家族四名が全員「謝恩コース」を召し上がってくれている。ワインも含めれば、ほぼ同じ滞在時間でも、高山さんのテーブル単価とは雲泥の差だ。

「営業部長が知れば、僕は注意を受けるでしょうね。ああいうお客様はバーカウンターへ案内すべきだと」

神妙な顔で答えた支配人は、メインホールを眺めてから、静かな笑みを浮かべた。

「でも、もうひと月もせずに閉店です。ここには三十年の歴史があります。美味《おい》しいお料理を楽しむためにご来店されるお客様のほかに、思い出を味わいにいらっしゃるお客様もいていいのではないでしょうか」

不良の支配人が顔を出す。確かにその通りだ。

「そうですね、どうせ閉店です」

「そう。閉店なのです」

「でも、支配人、私は高山さんにお料理を食べていただきたいんです。奥様との思い出があるとしたら、ワインではなく、やっぱりお料理だと思うんです」

「僕もずっと考えているのですが、毎回違うものを注文されたということしか思い出せません。例えば、何か記念日の思い出がここにあるという可能性はどうでしょう」

「ご病気の奥様と頻繁にいらっしゃるんですよ。記念日なら何度も来ないのではないですか？　しかも注文は毎回バラバラ。いったい何が目的でいらっしゃっていたのか……」

　そこで、はっと気づいた。

「支配人、『閉店謝恩スペシャルコース』のおすすめポイントは何ですか？」

「今さらですか？」

「確認です」

「人気メニューを組み合わせたコースになっている点です。目玉となるのは、前菜の次のお皿で、海老グラタンやオムライス、クリームコロッケやサーモンのムニエルといった、特に人気のあるメニューのミニサイズを盛り合わせています」

　その通りだ。調理場スタッフには大変な作業だが、牧田料理長自ら、ぜひ色々なものを召し上がっていただきたいと提案してくれた。

それを聞いて、私の頭にぱっとひらめくものがあった。

これまで、平日にこれほど忙しいと感じたことがあっただろうか。

お客様の多い週末と違って、平日は注文やテーブルのセットに追い立てられることなく、ゆったりとお客様のテーブルを回って会話をすることもできた。

しかし、今月になってからは、平日といえども予約でテーブルが埋まることもあり、とてもゆったり構えてなどいられない状況なのだ。

「何年もお店の前を通っていたのよ。いつか来よう来ようと思っているうちに閉店って知って、せめて一度はと思ってね」

そんなお客様はたいていふらりと訪れる。予約でテーブルが埋まっていれば、ロビーのソファで待っていただくほかはない。週末になれば、ますますそういうお客様は増えるだろう。

そこで気がかりなのが高山さんの存在だ。

ワインだけで一時間以上、しかもお一人でテーブルを使っているとなると、いくら目立たない一番テーブルとはいえ、他のお客様に対しての印象もあまりよくない。何よりも、支配人や私たちも気になって仕方がない。

高山さん自身が、誰《だれ》に気兼ねすることなくゆっくりと時間を過ごしていただくためにも、何かお料理も召し上がっていただきたいのだ。だって、ここはレストランなのだから。

十二月も中旬になると、お客様の雰囲気が変わってきた。

閉店を惜しんで来店されるお客様と、明らかにクリスマスを意識したお客様とにはっきりと分かれている。後者は常連様ばかりというわけではなかったが、じっくりワインを選ばれたり、スタッフを呼び止めて質問やご要望を伝えたり、特別な時のお食事としてゆっくりと楽しまれていることに変わりはない。

常連様たちはスタッフと会話も楽しみたい方々ばかりなので、支配人も先輩たちも、ホールに出ればいたる所で呼び止められて、なかなかバックヤードに戻ってこない。

そのため、高山さんがいらっしゃれば、いつの間にか私が対応するようになっていた。

店内がいくらにぎわっていても、高山さんはいつも沈んだ顔で、ひっそりとテーブルに向かっている。

私が初めてお会いした時は酔っぱらっていて、少し危なっかしい印象のお客様だと思ったが、二回目以降はそんなこともない。あの時はお酒の力を借りて、足を踏み込むことをためらっていた、奥様との思い出の店に来てくれたのかもしれない。

私は高山さんの前にグラスを二つ置き、いつものワインを注いだ。

「君もすっかり覚えたね」

どこかうつろに高山さんが微笑む。

「このワインは奥様がお好きだったんですか？　それとも高山様ですか？」

「あいつだよ。幸子《さちこ》。ワインばっかり飲んでやがるから、病気になっちまったんじゃないかな」

高山さんが自分のことを話してくださるのは初めてのことだ。

「お店では一本だけ、と決めていらっしゃったとか？」

「そうだよ。俺もすぐ酔っちまうからよ、二人で決めたんだ。外では一本だけって」

「仲がよろしいですね」

どこのテーブルも、お連れ様と楽しそうに食事をしている。隣のテーブルでは天間支配人が、八番のテーブルでは当麻さんがお客様につかまっている。

お客様は食事をするためだけにここを訪れるのではない。雰囲気、スタッフとの会話、それもまた楽しみのひとつなのだと実感する。だから、高山さんにも、「ああ、来てよかった」と思ってもらえるものはないかと、私は必死に探しているのだ。

「前もお話ししたコースなのですが……」

「閉店謝恩、だろ？　絶対に嫌だね」

まるで関心がないというように、ぷいと高山さんが顔を背ける。

「メニュー内容をご覧になりました？」

クリスマスカードに同封した閉店のお知らせには、コースの内容も細かく記されていた。

「見ていないよ。興味ないもの」

「このお店の人気メニューが全部つまっているんです。それぞれ少しずつ。オオルリ亭のお料理がお好きなお客様なら、必ずご満足いただけるコースです」

「全部？」

わずかに高山さんの顔つきが変わった。

「人気のメニューだけ、ですが」

「支配人、高山さんから『謝恩コース』のご予約をいただきました。二十五日のクリスマス、お時間は十八時です」

予約ノートを確認していた天間支配人が勢いよく顔を上げた。「本当ですか」

「はい。おすすめポイントを説明したら、じゃあ、クリスマスにと」

支配人は予約ノートのページをめくり、「お一人ですか」と訊ねる。

「さすがにお料理を残すのは申し訳ないとのことで、一人分でいいそうです。テーブルは一番でお願いします」

営業終了後の店内には客席社員しか残っておらず、レジとバーカウンターを照らすダウンライト以外の照明は落とされていた。ただし、ロビーのクリスマスツリーとメインホールのリースの電飾は灯《とも》されていて、薄い闇《やみ》の中で幻想的にまたたいている。

「いったい、どうやったんだよ」

グラスを洗い終えた当麻さんが、まくり上げた袖《そで》を下ろしながらバーカウンターから出てきた。

「ワインを注ぐタイミングで、きっかけをつかめたんです。奥様との思い出を聞かせていただきました」

「そういえば、高山さんとほとんどお話ししたことなかったな」

初めて気づいたように当麻さんが言った。

「高山様はいつも奥様と静かにお食事をされていましたからね。一番のテーブルはお二人だけの穏やかな空間でした。だから僕たちも、必要以上に踏み込まなかったのでしょう」

スタッフとのその距離感が、高山さん夫妻には心地よかったのかもしれない。しかし、そのために支配人ですら、高山さんと奥様がどんなやりとりをしていたのか知らなかったのだ。

「私の話を聞けば、どうして高山さんが毎回違うお料理を召し上がっていたかが分かります。そして、ご予約をいただいた理由も」

私はホールでぼんやりとまたたくリースの明かりを見つめながら話し始めた。

高山さんはもともとこの近くにお住まいの資産家のご子息だった。

同い年の奥様とは大学の時に知り合ったそうだ。一目惚《ひとめぼ》れしたのは高山さんで、奥様は弁護士を目指す地方出身の苦学生だった。

アルバイトに励む奥様に、とても自分が裕福な家の一人息子だとは伝えられなかった高山さんは、自分もバイトに励む学生のようにふるまったそうだ。

今から三十年近くも前のことである。デートはたいてい映画で、その後にファストフード店やファミレスで感想を語り合う。奥様とは何時間話したって話題は尽きなかったと、高山さんは静かに微笑んでいた。

「地方ご出身の奥様が憧《あこが》れたのが、レストランだったそうです」

天間支配人は納得したように頷いた。私もそうだ。幼い頃《ころ》から、漠然と都会の、どこかキラキラとした空間に憧れがあった。

高山さんは奥様と約束した。毎月バイト代が入ったらこのお店でデートをしようと。当時、オオルリ亭渋谷店はオープンしたばかりで、注目のレストランだったそうだ。

毎月、毎月、メニューにあるお料理を全部食べつくすまで、いつまでも。

それが実際に叶《かな》うまで、二人の関係は続いた。

前菜、スープ、メイン料理、デザート。洋食店は意外とお腹《なか》にたまるメニューが多く、一度に何皿も食べることは不可能だ。約束どおり、全メニューを食べ終えた頃には、二人の関係も深まっていた。

高山さんはとうとう本当のことを打ち明け、驚いた奥様もプロポーズに応じた。

結婚後もお二人は、記念日など、ことあるごとにこのお店を使ってくれたそうだ。奥様は「どのお料理も美味しいから」と、毎回違うものを注文したという。

しかし、五十歳を前にして、奥様にすでに手遅れのがんが見つかった。

奥様の最後の望みは、かつてのように全部のメニューを食べきることだった。それだけ、高山さんとお付き合いしていた日々が、楽しい思い出として心に刻まれていたのだろう。

やり遂げるまでは絶対に死なない。奥様は高山さんと約束した。しかし、すっかり食が細くなった奥様には大変な約束だった。

約束は果たされることはなかった。

「人気メニューを、全部食べられるコースだと説明した時、急に高山さんの顔つきが変わったんです」

「そういうことだったのか」

当麻さんが呟き、天間支配人もしみじみと頷いた。

「大切なお話を聞かせていただきましたね」

「もしかしたら、本当は聞いてほしかったのかもしれませんね、誰かに」

誰にでも話したい時はある。別に共感や意見を求めているわけではない。ただ、聞いてほしいのだ。そういう相手が必要な場合がある。

「オープン当時にも来てくださっていたなんて、高山様は僕よりもずっと前からこのお店を知っていたんですね。このところ、常連様が多くいらっしゃるせいか、たくさんの思い出話を聞かされます。それは、お客様だけでなく、このお店にとっての三十年間の思い出でもあるのだと気づかされます。大切な時間を、ここで過ごしてくださったお客様がこんなにもいるのですから」

支配人は手に持っていた予約ノートを愛《いと》しげに抱きしめた。

「ああ、チクショウ、閉店なんて寂しいなぁ」

当麻さんがホールに向かって叫んだ。

十二月二十日。いよいよ渋谷店でもクリスマスメニューが始まる。

今年はクリスマスが週末に重なり、土日に当たる二十四日と二十五日はすでに予約でメインホールのテーブルは埋まっている。

この日、私は早番ではなかったが、いつもより早く出勤した。

伊崎主任がセットしたテーブルは、ナイフもフォークもまっすぐにセットされていて完《かん》璧《ぺき》だった。その中央に、アケビ蔓《つる》で作った小さな飾りをちょこんと置く。

真っ白なクロスに、蔓やドングリの深い茶色がほどよく調和している。夜になれば、テーブル上にもキャンドルが灯され、ますます素敵な雰囲気になるだろう。

リース型のもの、スワッグ型のもの、飾りにつけた木の実の種類。隣り合ったテーブルには、違うものになるように置いていく。

かなり多めに用意できたので、レジの横や、バーカウンターの端っこ、洗面所に続く廊下の飾り棚にも置かせてもらった。そこには、メッセージカードに一言添えた。

『テーブルの飾りはお持ち帰りいただいてかまいません。よいクリスマスを！』

「なかなかいいじゃない。これも十分お客様との会話のきっかけになるよ。えっと、霜鳥さんの実家ってどこだっけ」

伊崎主任の言葉にほっと胸をなでおろす。本音を言うと、やや武骨な手作り感が、主任の美的感覚に合わなかったらどうしようと、テーブルに置いてみるまで心配だったのだ。

「新潟の山の中です。越後《えちご》平野の米や、日本海の海産物のイメージとは程遠い、雪の多い温泉町で……」

「旅館やっているんだよね。名前、教えて」

「薫風《くんぷう》の宿、霜鳥館です」

「しぶい名前。このあたりのお客様ってさ、びっくりするくらいマイナーな場所も旅行しているから、意外と知っていたりしてね」

些細《ささい》なことでもお客様との会話の糸口にしようとする伊崎主任にはいつも驚かされる。広がった会話から、主任はますます多方面に興味を持ち、さらに知識を広げていく。最後の最後まで、教わることはたくさんある。

オープンの時間が近づき、店内の照明が明るくなった。ロビーのクリスマスツリーや、壁に掛けられたリースにもぱっと光が灯される。それらが優しい光をまたたかせ、BGMには、落ち着いた調子にアレンジされたクリスマスソングがゆったりと流れている。

目の前には、誰もが幼い頃に憧れたようなクリスマスの風景が広がっていた。大人でさえ、何か期待が膨らむような非日常感が溢れている。

「僕がここに来て二十年。いえ、渋谷店が開店してから三十年。きっと、これまでで一番華やかなクリスマスでしょう」

バーカウンターに私が置いたアケビ蔓のリースをつまみ、支配人がうっとりと呟いた。

十二月に入ってからというもの、毎日常連様で忙しい。

そこにクリスマスのお客様も加わって、私たちはてんてこ舞いだった。

お客様にお渡しするメニューにも、「謝恩コース」のほか、クリスマスのメニューも追加され、注文を取るにもこれまで以上に時間がかかる。ほぼすべてのテーブルでドリンクのオーダーも入る。

ホールとキッチン、そしてバーカウンターとの往復で、閉店時間になる頃には、私はもうクタクタで、「足が棒になる」という言葉をまさに実感していた。

「当麻さん、私、ホールからバーカウンターまでのこのわずか二段の段差が、今日ほどキツいと思ったことはありません」

「やっと気づいたか。俺と伊崎主任はアイガーの北壁と呼んでいる。限界が近い時は、この二段があまりにも険しすぎる」

「死の壁、ですか」

　思わず吹き出した。アイガーはスイスにあるアルプスの高峰だ。登頂困難な世界三大北壁のひとつで、映画にもなった。どうして私が知っていたかというと、旅館のお客さんに山好きの人がいて、父とそんな話で盛り上がっていたからだ。

「ずっと前、ここを踏み越えられなくて、グラスを持ったまま転んだバイトがいたなぁ」

「いたいた。閉店後だったからお客様に被害はなかったけど、グラスが三つ、粉々だった」

　途中から加わった伊崎主任まで楽しそうに笑っている。

　愛称を付けられているのはここだけではない。

　バーカウンターに入った者は「番人」、四番のテーブルは「塩谷さんのテーブル」。いたる所にスタッフとお客様の思い出が刻まれている。

　なぜか涙ぐみそうになるほど愛しい名称ばかりだ。

「これが二十五日まで毎日続くんだぜ。閉店までとすると、あと十日。交代で一日ずつ休みを回しても、まだまだ先は長い。しっかりしろよ」

当麻さんが励ましてくれる。

「分かっています」

目が潤んだのは、決して疲れのせいではない。この店が愛しくて、こんな先輩たちと働いていることがあまりにも幸せだったからだ。レジを締めながら聞いていた支配人も笑っていた。

「今日なんてまだ序の口ですよ。クリスマスのピークは二十四日です。ホールは予約でいっぱいとはいえ、空いたテーブルや個室には、フリーのお客様もガンガン入れますから、覚悟をしてくださいね」

「鬼ですか」

当麻さんが情けない声を上げる。

「鬼ではありません。支配人です」

いよいよあと十日で閉店となる。訪れてくださったお客様には、もちろんゆったりと食事を楽しんでいただきたい。しかし、一人でも多くのお客様にもご来店いただきたい。そして、有終の美を飾るべく、しっかりと売上も確保したい。天間支配人は支配人として、理想だけでなく、しっかりと現実も見据えている。

やっぱりこの人たちと離れたくない。毎日忙しくても構わないから、いつまでもこの時間が続いてほしかった。

終電に近い総武線はぎゅうぎゅうに混んでいた。私のように仕事帰りの人もいれば、忘年会やクリスマス会だったのか、赤い顔でお酒のにおいを漂わせている人もいる。

最後の力を振り絞ってアパートの階段を上り、玄関を開けて、台所の明かりを点《つ》けた。

ぱっと目に付いたのは、テーブルの上の赤い封筒だった。伊崎主任が宛名《あてな》書きをしてくれた、クリスマスカードの封筒だ。

颯馬の所にもとっくに届いていたはずなのに、私は仕事に夢中ですっかり忘れていた。

どうして、今になってここに置かれているのだろう。

そもそも大晦日《おおみそか》に来てくれるのか、返事を聞いていない。すでに予約は入れてあるが、もしも来ないとなれば、お店にも頼子おばさんにも迷惑をかけてしまう。

疲れ切っているところに、色々なモヤモヤが浮かんできて、次第に頭に血が上っていく。

どうして、すぐに「カード届いたよ」くらい言ってくれないのか。

来るなら来る、来ないなら来ない、もっと早くにちゃんと言ってほしい。すぐ隣の部屋にいるのだから。

思わず叫びそうになったところで、ふっと理性が戻ってくる。「あ、そうか」

私は赤い封筒から中身を抜き出した。

クリスマスカードの裏に書いたメッセージを思い出したのだ。

『姉ちゃんからのクリスマスプレゼントです。大晦日、お店に招待します』

そして、まるで結婚式の招待状のように、出席、欠席、と書き加えた。

どうせ颯馬は言葉が少ないのだから、このほうが手っ取り早いと思ったのだった。とうに忘れていたけれど。

抜き出したカードの裏を見ると、「出席」にマルがついていた。

一気に、体から疲れが吹き飛んだような気がした。颯馬がお店に来てくれる！

「颯馬！」

思わず呼ぶと、薄い壁がドンと鳴った。

「ちょっと出てきてよ。返事、ありがとう」

びっくりするくらい素直に颯馬が出てきた。

「出席、欠席って、何だよ」

「だって、これなら返事がしやすいかと思って」

「宛名の字もすごいし、出席、欠席にもウケたし、だいいち、クリスマスプレゼントって言いながら大晦日だし、頼子おばさんからも強引に誘われたから、出席にマルした」

頼子おばさんからは、カードが届いてすぐに電話があった。「絶対に颯馬を連れて行く」と言ってくれた。

「じゃあ、必ず来て。ガッカリはさせない。いいお店なの。それに、クリスマスの約束は、絶対だからね」

颯馬は、あ、という顔をして、ぼそっと呟いた。「卑怯者《ひきょうもの》」

クリスマスの約束。我が家のしきたりだった。

十二月に入ると、私たちは父親に「サンタさんへの手紙」を書かされた。恥ずかしいことに、これは颯馬が中学生になるまで続けられた。

クリスマス前から旅館は繁忙期となる。子供たちに寂しい思いをさせないよう、両親が必死に考えたアイディアだったのだと思う。

「手紙にほしいものを書くんだ。いいか、一個だけだぞ。必ずイオンで手に入るものだ。そうじゃないとサンタさんも困っちゃうからな。それから、サンタさんへの約束も忘れずにな。何せ、サンタさんはいい子の所にしか来ないんだから」

私と颯馬はサンタさんに手紙を書き、赤い封筒に入れて父に渡した。つまり、プレゼントを用意するためのリサーチだったのだ。

とっくに気づいていたけれど、父は頑固にサンタさんに手紙を渡すと言い張るし、私もプレゼントが欲しかったから、ちゃんと「約束」も書いた。

クリスマスの約束は絶対。だから、たいして難しくないことを約束した。

私は「旅館のお手伝いをします」、颯馬は「寝坊しません」が定番だった。

「懐かしいねえ。颯馬もさ、どうせ帰省しないんだから、こういうのもいいんじゃない？

って思ったんだ。たまには美味しいものも食べさせてあげたいしさ」

「何だよ、それ」

「もう、急《せ》かすのはやめたってこと。帰る気になったら、帰ればいいじゃん？」

どこか、晴れ晴れとした気分で私は言った。


毎日、必死に駆け抜けた。

早めに出勤して、テーブルにアケビ蔓の飾りを置く。

お客様の反応は上々だった。すべてのテーブルのお客様が持ち帰ってくれるわけではなかったが、片付けてクロスを交換する時に飾りがなくなっていると、つい顔がにやけてしまった。

それに、飾りのおかげでお客様との会話も弾んだ。

配属以来、常連のマダムたちには「どうせ伊崎主任や当麻さんのほうがいいんだろうな」と気後れしてしまっていた私も、飾りをきっかけにこんなにお話ができるとは思ってもみなかった。

二十五日の朝には、飾りを入れていたワインの木箱もだいぶ寂しくなっていた。

「いよいよクリスマスも今日で終わりだな。ああ、長かった」

バーカウンターでオレンジジュースを絞りながら当麻さんが言う。

「今日は高山様がいらっしゃいますね」

天間支配人が予約ノートを開きながら、メインホールへ下りていく。

「閉店謝恩スペシャルコース」。人気メニューのミニサイズを盛り合わせたお皿を見た高山さんが、どうか喜んでくれますように。私はそれを願った。


ご予約の十八時を過ぎたが、高山さんはいらっしゃらなかった。

メインホールのテーブルは予約ですべて埋まっていて、十八時がご来店のピークだった。次々に訪れるお客様を、玄関でお迎えした支配人と伊崎主任が予約のテーブルにご案内する。ホールでは私と当麻さんが待機してメニューをお出しし、ご注文が決まったお客様からオーダーを受ける。

ご案内が一段落すると、支配人や伊崎主任もホールや個室のお客様の対応に加わる。アルバイトの大学生もいるとはいえ、大忙しだ。

目まぐるしい動きにはすっかり慣れた私も、難しい注文や高価なワインへの質問があれば、たちどころに体が固まってしまう。先輩たちはそれをよく分かっているから、すれ違いざまに「大丈夫か」と声をかけてくれる。それが何だかくすぐったい。

ひととおりオーダーを通し終わり、ほっと息をついてホールを眺める。一番のテーブル

る。

はまだ空席だった。

予約を受けたのは私だ。もしもいらっしゃらなかったらと、次第に不安が込み上げてく

クリスマスとなれば、店内は家族やカップル、幸せそうなお客様で溢れかえるのが目に見えている。もしかして、高山さんは急に心変わりをして、行きたくなくなってしまったのではないか。奥様との懐かしい時間を思い出してほしいと「謝恩コース」をおすすめしたことも、高山さんにとっては残酷なことだったのではないか。

その時、「いらっしゃいませ」とバーカウンターに入っていた伊崎主任の声がして、はっと玄関へ目をやった。

姿を見せたのは高山さんだった。

私は安堵《あんど》のあまり、満面の笑みで「アイガーの北壁」を駆け上がった。

「お待ちしておりました。いらっしゃいませ、高山様」

「遅れてすまん。こんなに歓迎してくれるなんて、僕はすっかり君が気に入ったよ」

高山さんが私をしげしげと眺める。私もまた高山さんを上から下まで眺めた。

いつもはセーターとチノパンといった軽装の高山さんが、今夜は見違えるようなスーツ姿だったのだ。

「あんまり見るなよ。こんな格好も久しぶりなんだ。でもさ、クリスマスだろ？　きっと

ここに来るお客さんたちは、特別な時間を過ごすためにオシャレをして来るんだろうなって思ったらさ、自分だけ着古したセーターってわけにもいかないからなぁ」

返答に困り、「素敵です」と微笑んだ。そういう気遣いができる人なのだ。高山さんに、最初の頃とはまったく違う印象を持っている自分に驚く。

支配人も「いらっしゃいませ」とお迎えし、高山さんのご案内は私に任せてくれた。

一番のテーブルにセットされた二人分のカトラリーを見た高山さんは、口元にふっと笑みを乗せた。「やっぱり、ここはいい店だ」

席に着き、中央に置かれたアケビ蔓の飾りにすぐに気づくと、手を伸ばす。

「いつもとは違うね、いかにもクリスマスらしい」

「私が作ったんです」

へえ、と感心したようにつまみ上げた高山さんは、顔を近づけてまじまじと眺めた。それからうっとりと目を閉じる。

「……いいにおいがする」

一番テーブルに置いた小さなリースは、麻ひもでシナモンスティックを結びつけ、アクセントにナナカマドの赤い実を接着したものだった。

「シナモンだね」

「よくご存じですね」

「幸子、青森の出身だったんだ。実家から毎年リンゴが送られてきてね、そのたびにアップルパイを焼いてくれた。懐かしいにおいだ」

なんという偶然だろう。

時として起こる偶然が、まさにこの仕事の楽しみなのだと実感する。

いつものように二つのグラスにワインを注いだ。

高山さんは手を伸ばすと、誰もいない正面に向かってわずかにグラスを掲げ、ゆっくりと口をつけた。このお店で何かを口にするのを見たのは初めてだった。

お料理を運ぶたび、高山さんはじっくりと目の前の皿を見つめていた。

それから、ナイフとフォークを手に取った。一品一品、大切に味わってくれているのが分かった。

一人での食事には十分すぎるほどの時間をかけて、いよいよデザートになった。

十二月に入って「謝恩コース」が始まってから、何度も運んだデザートだ。デシャップ台に置かれた、すっかり見慣れたデザートの皿に手を伸ばし、はっとして思わず手を止めた。

「どうした？」

牧田料理長が訝《いぶか》しげに訊ねる。もちろんデザートには何の不備もない。

「いえ。ありがとうございます」

またしても、何という偶然か。

ふわりと立ち上るシナモンの香り。コースのデザートはアップルシュトゥルーデルだ。ほんのりと温めて、手作りのバニラアイスを添えている。

シナモン香る甘酸っぱいリンゴと、サクッとした生地との相性が絶妙だと、もともとオオルリ亭の人気デザートで、コースの締めにはふさわしい一品である。しかし、今夜の高山さんに、これ以上にふさわしいデザートが他にあるだろうか。

「デザートをお持ちいたしました」

ゆっくりと、デザートにしては大きなお皿をテーブルに置く。

高山さんははっと息を飲み、大きく息を吸い込んだ。優しく立ち上る懐かしい香りで胸をいっぱいに満たすように。愛しげにお皿を見下ろす目には、涙がにじんでいた。

高山さんにとって最高のクリスマスプレゼントだと、私まで心が温かくなる。

もしかして、高山さんがクリスマスに予約を入れたのは、漠然とした淡い期待があったからかもしれないとさえ思ってしまう。

クリスマスになると、何となく心が浮き立つのは、そこに幸せな記憶が結びつくからだ。家族、恋人、友人、きっと多くの人の心には、何かしらクリスマスの素敵な思い出が埋もれている。

「男性のほうが、意外とロマンチストですからね」

突然後ろから声がして、驚いて振り向いた。

「三番のテーブル。男性がお連れ様にプロポーズをしていました。クリスマス、そしてこのお店。男性は一生懸命考えて、プロポーズにふさわしいシチュエーションを設定したのでしょう。ほほえましいものです」

支配人は、私たちには営業中にお客様のことを話題にするなとさんざん注意しながら、時にポロリとこんなことを口にする。

「支配人、詮索《せんさく》はいけないんじゃなかったんですか?」

「おや、失言でした。でもつい、僕まで嬉しくて」

「分かります。こんな素敵なお店でのクリスマス、何だか奇跡が起こりそうな気がしますから」

食後のコーヒーを飲み終えた高山さんは、テーブルを立つ時、遠慮がちに訊ねた。

「これ、もらってもいいかな」

シナモンの付いた飾りを手のひらにのせていた。「もちろんです」と私は頷く。

「来てよかったよ。本当はさ、幸子がいなくなってから、ずっとふさぎ込んでいたんだ。この店の前も通れなかった。思い出すとつらいからさ。だけど、閉店するって知ったら、やっぱりもう一度って思ったんだよ。ああ、本当に来てよかった……。今日はどうもありがとう」

私と支配人は玄関を出て、高山さんが門の陰に隠れるまで頭を下げてお見送りをした。ロビーにいた当麻さんが首をかしげている。

「俺たち、当たり前のことしかしていないよな。料理を出して、お金をもらって。なのに、お客様の中には、俺たちにまでありがとうって言ってくれる方がいる。不思議だよなぁ」

「そうですね。私たちがお客様に『ありがとうございます』って言うのは当たり前ですけど」

支配人がくすっと笑った。

「そう。僕たちは当たり前のことをしているだけです。でも、心から満足されたお客様にとって、このお店は単なる食事をする場所ではなく、それ以上の価値ある場所となったのでしょう。そんな気持ちにしてくれたことに対するお礼ですよ」

「高山さんもそう思ってくれたんでしょうか」

「食事は、僕たちにとって当たり前で必要なことです。だからこそ、思い出も多くなります。メニューや味だけでなく、誰と食べたか、どこで食べたか。それが大きな意味を持ちます。僕たちがしている当たり前のことが、お客様の心の中の記憶と繋がり合って、大きな効果をもたらす。レストランは、そういう場所でもあるんでしょうね」

メインホールを眺めながら話す支配人に、どうしようもなく胸がいっぱいになる。憧れ、尊敬、そんなものではとても表せない感情が溢れてくる。

どうして支配人は、いつも私が何となく感じていることを、こうやすやすと言葉にできるのだろう。長く積み上げた経験と、そのたびに感じてきた思いがあるから、こうして私たちに伝えることができる。

いつか私もこんなふうになれるだろうか。いや、なりたいと強く思った。

その夜の営業終了後、業者さんがクリスマスツリーと壁のリースを撤去していった。ロビーもホールも急にガランと殺風景になり、何か大切なものを奪われたように、ふっと力が抜けた。クリスマスをやり遂げたという脱力感かもしれない。

「クリスマス、終わっちゃいましたね」

当麻さんも私と同じように、ぼんやりとメインホールを眺めていた。

バーカウンターを拭《ふ》き上げていた伊崎主任が苦笑する。

「いつもなら、すぐにまたお正月の飾りが入るんだけど、今年はないだろうしね」

「いよいよ、あと少しだなぁ」

当麻さんが大きなため息をついた。

クリスマス期間中、ふらりと千早部長が店にやってきた。

わざわざ忙しい日に、嫌がらせのように食事に来たのかと思ったら、渋谷店の閉店後の異動先が決まった社員に直接伝えに来たのだった。

伊崎主任は銀座本店、当麻さんは豊洲の商業施設内にあるオオルリ亭にそれぞれ異動することになった。

一方、天間支配人と牧田料理長、そして私の異動先はまだ伝えられていない。新入社員の私など、受け入れ先を探すのも大変なのだろうと想像がつく。先に配属されていた同期に仕事を教わるのかと思うと、少しだけ気が滅入《めい》った。

いよいよ、最終日の十二月三十一日になった。

いい天気だった。大半の人は休暇に入ったせいか電車も空《す》いていて、どこか空気も澄んでいるように感じる。

オープンと同時に塩谷さんがいらっしゃった。今月二度目のご来店だ。

一度目は十二月の初めで、クリスマスカードで閉店を知り、すぐに来てくれたのだ。いつも通り海老グラタンをお召し上がりになると、「また来るわ」と心から残念そうに帰って行った。

それからの連日の忙しさに、支配人も私たちも気にかけていた。

「塩谷様は、騒々しいお店をあまり好まれません。お一人だからと、気兼ねしていらっしゃるのかもしれません。来てくださるとしたら、クリスマスが終わった頃でしょうか」

確かにこれまでも塩谷さんは、雨の日や、ランチのピークが去ったあたりの時間にふらりといらっしゃっていた。

支配人の予想どおり、こうして塩谷さんが来てくださった。

そして、驚いたことに、塩谷さんはお一人ではなかったのだ。

「わぁ、懐かしい」

ふいに華やかな声が響いた。

にこにこと微笑む塩谷さんの後ろから顔を出したのは、身長はゆうに百七十センチを超えた、すらりとした女性だった。さっぱりとしたショートカットから見える形のよい耳には、清潔感のあるパールのピアスが光っている。

「天間支配人、ご無沙汰《ぶさた》しております」

にっこりと笑って頭を下げたその女性を見て、私は直感的に理解した。

この人が、ここでアルバイトをしていた塩谷さんのお孫さんだと。

「沙織《さおり》さんも、お元気そうで何よりです」

一瞬だけ、驚いたような表情を浮かべた支配人も、すぐにいつものように目を細めて微笑んだ。

続いて三人の女の子がはしゃぎながら入ってくる。明らかに彼女の娘と分かるくらい、健康的ではつらつとした雰囲気が同じだった。

「おいくつになられましたか」

「上から、十歳、七歳、三歳です。すっかりおてんばで困っています」

二人のお姉ちゃんは羨《うらや》ましくなるくらいすらりと手足が長く、下の妹さんはまるでお人形のようにかわいらしい。最後に穏やかな風貌《ふうぼう》の異国の男性が入ってくると、振り返った沙織さんと微笑み合った。

「いつもはね、クリスマスもお正月も、むこうのほうが楽しいって帰ってきてくれないの。でもね、ここが閉店するって言ったら、あっさりと帰るって言ったのよ」

「だって、おばあちゃま。ここは大切なお店ですもの」

仲のよさそうなやりとりに私まで頬が緩む。つい見とれてしまい、はっとして横の支配人を見上げた。支配人も優しいまなざしで塩谷さんとお孫さんのご家族を見つめていた。

それから、長い腕で優雅にメインホールを指し示す。

「さぁ、どうぞ。沙織さんがいつも座っていたお席は、これまでもずっと塩谷様のお気に入りでした」

「窓側の四番テーブル！」

アルバイトをしていただけあって、スタッフしか知るはずのない卓番号を叫ぶと、沙織さんはひらりとテーブルへと向かった。

その後を追って子供たちが走り、塩谷さんが慌てて「お行儀よくなさい」と声を荒らげる。幸い、まだ店内に他のお客様はいない。それでも塩谷さんは自分を恥じるように、口元を押さえて天間支配人に苦笑してみせた。

塩谷さんたちにメニューをお出しし、支配人がバックヤードに戻ってきた。

「塩谷さんは絶対に海老グラタンですよね。お孫さんたちは何を召し上がるんでしょう。『謝恩コース』はおすすめしましたか」

天間支配人はくすっと笑った。

「あんなに真剣にメニューを眺めていますが、きっと皆さん海老グラタンです。なにせ、ここに来たご主人に海老グラタンをおすすめしたのは、当時アルバイトをしていた沙織さんですから」

私も小さく笑った。

海老グラタンを食べるために、塩谷さんはずっと通い続けてくれた。この店の海老グラタンは、塩谷さんの家族にとって、きっと家庭の味なのだろう。まぎれもなく、塩谷さんたちの生活の中にこの店があった。

ここはそういうお店だ。普段使いでもあり、特別な日にも訪れる。

お誕生日や結婚記念日のケーキと一緒に、私が記念写真を撮ったお客様は、いったいどれくらいいただろうか。

渋谷店がなくなっても、お客様はふとした時にこの場所を懐かしく思い出すことがあるかもしれない。そういうお客様がたくさんいてくれたらいいなと、仲良く海老グラタンを食べる塩谷さんのテーブルを見ながら思った。

さすがに最終日ということもあって、この日はランチ営業とディナー営業の境目がなかった。フリーのお客様に開放した二つの個室も常に満席だ。

私はいったい何度クロスを掛け替え、テーブルのセットをしただろうか。

気づけば窓の外はすっかり暗くなり、颯馬と頼子おばさんが訪れる時間が迫っていた。

夜の予約は早いお客様で十七時だ。

メインホールのテーブルは今夜も予約で埋まっている。

天間支配人が予約ノートを見ながらテーブルをご予約の人数に合わせて配置し、人数分のナフキンを置く。それに従って、私たちはグラスやカトラリーを並べる。言葉はなくても、誰もが自分の役割を分かっていて、てきぱきと動く。

調理場のスタッフたちも忙しそうで、さすがに今夜は夕礼などしている余裕はない。すっかり用意の整ったテーブルに、伊崎主任がひとつずつキャンドルを置いて回る。

支配人が照明をわずかに落とすと、それだけで昼間とは違った雰囲気に変わった。

かつて、バーカウンターに閉じ込められていた私が眺めた、幻想的な世界だ。

広い窓が鏡のようにキャンドルの灯《あか》りを映し、店内を歩き回る私たちの姿も幻のように浮かび上がる。

「弟さんを迎える準備は万全ですか」

天間支配人が微笑んだ。

こんな素敵なお店を見たら、颯馬は間違いなく驚いて、緊張して、けれど興奮する。

ディナータイムの雰囲気は、実家の温泉の夜の景色によく似ている。

橙色《だいだい》の薄明るい照明、なみなみと浴槽に溢れるお湯に映ったたゆたう灯り、湯気の向こうに揺らめく世界。

配属されたばかりの頃、この情景に胸が締め付けられるほど懐かしい気がしたのは、実家を思い出したからだった。

「はい。もちろんです」

私は支配人を見上げて、大きく頷いた。

「いらっしゃいませ」と声が聞こえて、私たちは玄関に顔を向ける。

伊崎主任が出迎えたのは、頼子おばさんと颯馬だった。私は支配人に「来ました、弟です」と伝え、「アイガーの北壁」を駆け上がる。

「いらっしゃいませ。お待ちしていました」

当麻さんがにやっとし、伊崎主任はことさら愛想のよい笑みを浮かべた。

身内を迎えるのも照れくさい。それは私だけでなかったようで、颯馬も緊張したような、照れたような変な顔をして、おどおどしていた。

テーブルに案内して、私が伯母の椅子《いす》を引く。颯馬の椅子を伊崎主任が引いてくれると、颯馬はびっくりして身をすくませ、ようやく腰を下ろした。

注文は「閉店謝恩スペシャルコース」と決めている。

頼子おばさんの希望で、飲み物は伊崎主任にワインを選んでもらうことにした。

セラーを覗《のぞ》き込んだ主任は、私のお財布に優しくて、その中ではもっとも美味しいワインだと、じっくり選んでから手渡してくれた。

私はボトルを持ってテーブルに戻ると、天間支配人からもらったソムリエナイフを使って抜栓した。伯母も、颯馬もじっと私を見ていた。

恥ずかしいし、緊張する。けれど、今ではリンゴの皮をむくのと同じくらい、自然にできるようになっていた。

「すごい、夕子、あんた、ちゃんと〝お店の人〟になっているわよ」

「ちゃんと〝お店の人〟ですから」

思わず苦笑が漏れる。颯馬は納得したようにじっと私を見つめていた。

そう言えば、抜栓の練習に夢中になっていた時、冷蔵庫に入れっぱなしの大量のワインに文句を言われたのだった。今ではそれも懐かしい。

十七時半を過ぎると予約のお客様が次々にご来店され、私もその波に翻弄《ほんろう》されて、颯馬のテーブルに専念することはできなくなった。

最終日のせいか、予約のお客様はコアな常連様ばかりだ。大晦日だというのに足を運んでくれたのかと思うと、ありがたいような申し訳ないような複雑な気分だった。こんなに愛されていたのだとつくづく実感する。

「今年は閉店のせいもありますけど、大晦日まで毎年こんなに忙しいんですか」

すれ違いざまに天間支配人に訊いてみた。

「いいえ、まったく。そもそも、大晦日は全店夕方で閉店です。僕はいつも、夜は家で紅白を見ていました」

もちろん今夜は通常通り二十三時の閉店だ。支配人が笑い、私もつられて笑った。

店内はいつもとはまったく様子が違っていた。

常連様たちは席を立ち、テーブルの垣根を越えて楽しそうにお話をされている。通りかかった天間支配人や伊崎主任を呼び止め、時には牧田料理長まで連れ出されて記念写真を撮る。まるで何かのパーティー会場のようだ。

すっかりお客様につかまった支配人も伊崎主任も、困ったような表情を浮かべながらもやっぱり楽しそうにお話ししている。こうなれば、誰も料理の提供が遅れようと文句はなかった。

お客様もスタッフも、誰もが笑っていた。

今こそ先輩たちの分まで頑張る時だ。そう思った私は、せっせとお料理やドリンクを運び、テーブルの間をまさに飛ぶように動き回った。いつしか、その忙しさが楽しくなっていた。ほとんどランナーズハイだ。いつまでも、どこまでも、お客様の所に駆け付けられる気がした。

私の様子に気づいたのか、お客様の間から抜け出した当麻さんも一緒になって走り回ってくれていた。

もはや、当麻さんと二人ですべてのテーブルを見ているような状況だったから、いつものように気を配るなどということはできず、呼ばれた順番にテーブルを回った。当麻さんに至っては、「はーい、ただいま」などと居酒屋のような声まで上げていた。

ふと、バックヤードの流し台の鏡を見れば、すっかり顔は紅潮し、前髪が額に張り付いていた。

きびきびとカッコよくサービスする姿を颯馬に見せるつもりだったのに、これでは笑われちゃうなと苦笑して、前髪をかき上げる。冷たい水で手を洗うと、気持ちまでしゃんと引き締まった。

これでいい。私はこの場所で、力の限り働いている。

大晦日の夜になっても、お客様のために夢中になっている。

同じじゃないか。旅館でいつも眺めていた両親と。

ああ、楽しい。私は、心からそう思った。

颯馬たちが席を立ったのは二十一時を過ぎたあたりだった。

頼子おばさんはいつの間にかワインを追加し、食事が終わっても上機嫌でグラスを傾けていた。

当然のように会計に立った伯母に、ちょうどレジにいた伊崎主任が「後ほど、霜鳥からいただきます」と、にこっと笑った。

店内は、食事を終えたお客様が談笑しているような状態だったので、先輩たちに任せて玄関の外まで見送りに出た。

「ご馳走《ちそう》になっていいの？」

「言ったじゃない。私からのプレゼントだって。来てくれてありがとう。嬉しかった」

「それはこっちのセリフよ。ねぇ、颯馬」

颯馬が照れくさそうに頷く。素直に「ありがとう」や「ごめんなさい」と言えないのは昔からだ。

「忙しいのに、すっかり長居して悪かったわね」

「いいの。さっさと帰られても、何か問題があったのかなってスタッフも心配しちゃうし、あの状態じゃ、テーブルを片付けて新しくセッティングをする余裕もないもの。さすがに今から新しいお客様はこないだろうし、ちょうどいいよ」

「もう、すっかり一人前の口をきいて」

おばさんが笑い、私もおかしくなった。

「でもね、颯馬が帰りたくないって言ったのよ。楽しかったみたいね」

颯馬は私から顔を背けると、すたすたと淡くライトアップされたアプローチを、門のほうまで歩いていってしまう。照れているのだ。

「お料理どうだった？」

「どれも最高。少しずつ色々なお料理がのったお皿、あれが特によかったわ。私がどれから手を付けようかって迷っていたら、颯馬はまっさきにオムライスにスプーンを入れたの。そして、これが本物のオムライスかって。ちょっと、あんたたち、今までどんなオムライスを食べてきたのよ」

やっぱり颯馬と私は同じだ。同じ両親のもとに生まれ、同じように育った。

私が愛しいと思う記憶は、きっと颯馬にとっても大切な思い出なのだ。

それが分かっただけでも、今夜、颯馬を招いた意義はあった。

「あんたや他の社員さんが、風のようにテーブルの間を動き回るのが、見ていて気持ちよかったわよ。あちこちから聞こえる、お客さんの笑い声が心地よくて、つくづくいいお店だなって思ったわ。閉店しちゃうなんて、ホント、もったいない」

「スタッフが一番そう思っているよ」

つい本音がこぼれた。

「颯馬ももったいないって。あの子、ずっとあんたのこと、目で追っていたわよ。それでね、真剣な顔で『ヨシ』って。何がヨシなの？　やっぱり颯馬って分かりづらいのよねぇ」

ヨシ？

何か決心でもしたのか？

でも、きっと今夜の経験が、颯馬の中で何か決意を固めさせたのだろう。

おばさんが「颯馬、待ってよ」と声を張り上げる。やはり今夜は特別な夜だ。

アプローチからホールの窓を覗けば、暖かそうな光の中で、なおもにぎわうお客様たちの笑顔が見えた。

いつまでもテーブルを離れようとしないお客様たちが、ようやくすべてお帰りになった頃には、閉店時間を大幅に回っていた。

最後のお客様を客席スタッフの全員でお見送りし、扉を閉めたとたん、方々から「お疲れ様」と声が上がった。

長い一日だった。

いや、今日だけではない。お客様に閉店をお知らせし、「謝恩コース」が始まってから今日まで、私たちはずっと走り続けてきた。やり遂げたという達成感は誰もが同じだった。

当麻さんなどは涙ぐんでいる。

でもまだ仕事は終わりではない。

調理場スタッフは皿を洗い、床を流し、調理台を磨き上げる。客席スタッフは、クロスをはがし、バーカウンターにたまった大量のグラスを洗い、レジを締める。

いつもと違うのは、明日の予約の確認をしないことだけだった。

全員が黙々と仕事をこなした。疲れ切っていたはずだが、一人も手を抜いたり、ふざけたりする者はいなかった。その間も、ここで出会った先輩たちやお客様との思い出が胸に溢れて止まらなかった。

ちょうど片付けが終わるのを見越したようなタイミングで、いきなり玄関が開いた。

「遅くまでお疲れさーん」

威勢のよい声とともに入ってきたのは、人事総務部の千早部長と副社長だった。

二人はチラリとレジの天間支配人を見た。

支配人はひとつ咳《せき》ばらいすると、今日の売上を発表し、おおっとホール内がどよめいた。

「なんと、クリスマスを押さえて、今月一番の売上を達成しました。テーブルの回転はクリスマスほどではありませんでしたが、客単価がずば抜けていい。常連様が次から次へとワインの注文を下さいましたから」

私たちと一緒になって歓声を上げた副社長が、ふっと真面目《まじめ》な顔つきに戻って、順番にスタッフの顔を眺めた。

「みなさん、本当にお疲れ様でした。今日だけでなく、この十二月の売上は目を見張るものがありました。これもすべて、みなさんが頑張ってお客様との関係を育ててきてくれたからにほかなりません。そうでなければ、いくら閉店だの、『謝恩コース』だのと言っても、これだけのお客様はいらっしゃらなかったでしょう。社長に代わり、僕からお礼を言わせていただきます」

大晦日だというのに、またも社長は海外出張中だという。実際は移住でもしているのではないかと勘繰りながらも、副社長が、社長から託されたというワインを取り出すと、全員が再び歓声を上げた。

ボトル一本では全員にいきわたる量はわずかだ。それでも、グラスの底の輝きはルビーのように深く、まばゆく輝いていた。

副社長の「改めて、お疲れ様!」の声でグラスを掲げ、その輝きを一気に喉《のど》に流し込んだ。喉から胸へ、じんと熱が落ちていく。

「そんな飲み方、もったいない」

横で伊崎主任が笑い、私と同じように一息であおった当麻さんが感極まった声を上げた。

「これから、みんな違う店に行くわけだけど、チーム渋谷の気持ちを忘れずに頑張ろう!」

生意気だ、よっ当麻! とヤジが飛ぶ。みんなが笑っている。

そこからは、サーバーに残っていたビールや、使い切れなかった食材がふるまわれた。天間支配人も、この時のために、牧田料理長はちゃっかりオードブルを用意していたし、「どうしてもグラスで一杯だけと常連様に言われまして」と、抜栓したばかりのシャンパンを出してくる。伊崎主任までもが、「実は俺も」と、店で一番高価なワインを出してきた時には、どっと笑いが起こった。

「お前ら……」

睨《にら》みつけた千早部長も、「俺は営業や経理は専門外だ。出されたものはありがたくいただくぜ」と、まっさきにグラスを差し出した。副社長は苦笑いだ。

楽しければ楽しいほど、このメンバーがそろって仕事をする機会がもうないことが悲しくなる。

やがて宴《うたげ》は終わり、副社長と千早部長が引き上げた。

残されたスタッフは、手分けをして、黙々と後片付けを始めた。私と天間支配人はバーカウンターでグラスを洗い、伊崎主任と当麻さんは調理場のスタッフを手伝っていた。

「天間支配人はどちらに行かれるんですか」

千早部長は、帰り際、まだ異動先の決まっていなかった社員を一人ずつ呼んだ。

私に告げられた異動先は、銀座本店の喫茶室だった。

二階の洋食なら伊崎主任と一緒だったのに、考えもしなかった喫茶部門という部署にすっかり気が抜けてしまった。天間支配人と一緒に働きたいという望みは完全に断たれたと言ってもいい。

私の問いには答えず、天間支配人は泡立てたスポンジでグラスを丁寧に洗っている。

「霜鳥さんは喫茶室だそうですね。あそこもいいお店です」

「でも、せっかく教わったことが役立ちそうもありませんね」

あれだけ練習したワインの抜栓、覚えた料理やワインの知識。次のお料理を出すタイミングや、ワインのお代わりをおすすめする方法。先輩たちに教えてもらった多くのことは、喫茶室で活《い》かせるのだろうか。

「手段ではなく、最終的な目的は同じです」

支配人の言葉に頷く。お客様に喜んでいただくために、喫茶室でも、またできることを探せばいい。それしかないのだった。

「支配人も教えてください。私、会いに行きますから」

何となく、支配人は本社に異動するのではないかと思っていた。

長年、ここで支配人を務めた人の異動先にピンとこなかったせいもあるが、会社情報で紹介されるほどの人材なのだ。例えば、人事部での社員の教育や、営業部での支店へのアドバイザーのような仕事も向いている気がする。

何よりも、本社ならば勤務先は同じビルだ。ほとんど私の願望でもあった。

「僕は、ここが最後です」

私はグラスの泡を流していた手を止めて、支配人の横顔を見上げた。

いつもの穏やかな表情に、わずかに滲《にじ》んだ、困ったような微笑。

ふっと、渋谷店の閉店を告げられた時のことを思い出した。

「最後って、どういうことですか」

「秋田に戻るんです」

「ご実家を手伝うんですか」

支配人は小さく頷いた。

天間支配人が辞めてしまうなんて、考えたこともなかった。

閉店する渋谷店に新入社員の配属があると知った時、千早部長に抗議してくれた支配人が、中途半端に育てた私を放《ほう》り出して辞めてしまうなんて。

あんなに憧れて、この会社に入ったというのに、あんまりだ。

黙り込んだ私を気遣うように、支配人は静かに話し始めた。

「霜鳥さんには言わないでおこうと思ったのですが、そういうわけにもいきませんね。実家の旅館を継いでいた兄が、二月に脳梗塞《のうこうそく》で倒れました。後遺症が残り、今も施設でリハビリを続けています。兄嫁が何とか切り盛りしていますが、やはり大黒柱がいないことにはと、再三戻ってくるように言われていました。正直なところ、なかなか決心がつかなかったのですが、ようやく踏ん切りがつきました」

私はぐっと唇をかみしめていた。

「霜鳥さんは、僕のコメントを読んで、この会社に入ったと言ってくれましたね。どこにいてもおもてなしの心は変わらないなどと言いながら、僕は田舎《いなか》の旅館では、とても思うようなサービスはできないと思っていました。オオルリ亭は、いつもキラキラしていました。お店も、お客様も、日々目まぐるしく刺激を与えてくれて、僕は楽しくて仕方がなかった。でも、心にはずっと故郷から逃げ出したような思いがあった。それを忘れるため、無理やり楽しもうとしていたのかもしれませんね」

話しながらも、支配人の手は確実に仕事を続けていて、すべてのグラスをスポンジで洗い終えると、私が手に持っていたグラスを奪い、今度は流し始める。

「霜鳥さんをここに迎えた時も、実はまだ迷っていました。千早さんに退職したいと伝えながらも、迷っていたんです」

「迷っていたのに、どうして、今は秋田に帰ろうと思っているんですか」

まだ迷っているのなら、間に合うのではないか。明日の朝一番にでも、千早部長に相談すれば。そもそも、千早部長が私の配属先をここに決めたのは、天間支配人を繋ぎとめるためだったのではないか。

しかし、私の願いは、思いのほか強い声に打ち砕かれた。

「あなたと出会ったことで、僕の決意は固まったんです」

　きっと、私が実家の話をしたからだ。弟との関係や、旅館を守るべきか、叔父にゆだねるべきか、つい支配人に甘えて、そんな葛藤《かっとう》があることをこぼしてしまった。

　私が失ったものを、天間支配人は取り戻そうとしている。それは、紛れもなく支配人が一度は手放したものだ。

　二十年以上も東京で働いていた支配人にとって、実家とはいえ、地方の旅館を背負うことは、私には想像もできないほどの重責を担うことに違いない。

　支配人は、次々にグラスの泡を洗い流して、カウンターの上に伏せていく。その様子はいつもと変わらない。しかし、穏やかさの中に、確かな決意を感じる。いつだって支配人は、強い信念をやわらかな微笑みで包み隠していた。

「これ、実はひとつもらっておきました」

　支配人は軽く手を拭くと、ポケットに手を入れる。

　取り出したものは、私が作ったクリスマスの飾りだった。

「こんなにお洒落《しゃれ》ではありませんが、僕の母も手作りのもので旅館を飾っていました。枝、木の皮、何でも木造の旅館にとっては味のある装飾でした。一生懸命にこれを作っていたあなたを見て、急に故郷が懐かしくなったんです。僕の目は、都会にいる間に曇ってしまったようです。おもてなしの心は同じでも、その場所にふさわしい方法がある。今度は僕が、一度は逃げ出した場所で、それを見つけてみたくなりました」

支配人の思いが私にはよく分かった。

分かるけれど、涙が溢れそうになる。

両親がいなくなってからの私は、自分の拠《よ》り所《どころ》となるものが欲しかった。ようやく見つけた精神の支柱となる、絶対的な存在、それが天間支配人だった。

仕事の葛藤も、弟や故郷のことも、天間支配人がいたからこそ乗り越えることができた。

何よりも大きかったのは、いつまでも迷って考え続ければいいという、支配人の言葉だった。いつだって、支配人は言っていたではないか。自分もまだ模索していると。

私からは完璧に見えた支配人も、同じように悩み、色々なものを抱え込みながら仕事をしていたのだ。そんな支配人が出した結論なら、私も応援しなくてはいけない。

その時、シンクに置かれた支配人の手が震えていることに気づいた。

「この年齢で新しい場所に踏み出すというのは、さすがに怖いものです。ここにいればキャリアを積んだベテランで、社長や千早さん、お店のスタッフ、僕のことを理解してくれる人たちばかりですが、秋田に戻れば身内とはいえ理解者は誰もいません。一から努力をして、信頼を築いていくしかないんです。あなたのように若くはありませんから、一度ダメだと思われたら、そこでおしまいでしょう」

支配人でも、こんなふうに思うのだ。

「私、支配人にこれまで教えてもらった言葉がずっと支えになっています。人と接する仕事が好きだと確信したと、いつかおっしゃっていましたね。それが支配人の原点なら、場所が違っても何も変わりません。お客様にも伝わります。また楽しみを見出《みいだ》してください。支配人の気持ちは、きっと旅館の人たちにも、お客様にも伝わります」

東京のレストランで働く、秋田の温泉旅館の次男坊。

強烈に私を惹《ひ》きつけたコメントを思い出す。

それが、天間支配人と私のバックボーンとなっている。

どこにも矛盾はない。お客様を喜ばせることが、私たちは心の底から楽しいのだ。

「私、行きます。天間支配人の旅館」

しばらく私の顔を見つめた後、困ったように支配人が笑った。

「みっともない姿は見せられませんね」

「私の憧れの天間支配人は、堂々と、でも決して偉ぶることなく、素晴らしいサービスをする方です。そんな支配人に、絶対に会いに行きます」

「では、あなたも本店の顔になれるよう、頑張ってください。競争しましょう。僕だって、いつ銀座に現れるか分かりませんよ。秋田新幹線に乗れば、東京まで四時間かかりません」

そう言うと、いたずらっ子のような顔をした。

「望むところです」

負けるものかと、私はナフキンを取って支配人が伏せたグラスを磨き始める。支配人も察したように、次々とグラスを洗い流していく。無言の戦いに、いつの間にか、お互いに耐えきれずに吹き出した。

「残念です。霜鳥さんと、もう一緒に働けないのは」

「それはこっちのセリフですよ。支配人がいないのなら、何のためにこの会社に入ったのか分かりません」

「この会社にも、まだまだ学ぶべき先輩はたくさんいますし、日々お客様があなたを育ててくれます。ああ、そうでした……」

流し終えた最後のグラスを逆さにして私に手渡すと、支配人はふと思い出したように言葉を止めた。

「喫茶室の支配人は僕の同期です。僕よりもずっと厳しいと思いますよ」

にっこりと微笑んだ支配人に、私の顔はこわばった。

「お手やわらかにお願いしますと、伝えていただけますか……」

ふと、視線を上げると、目の前では、磨き終えたグラスが輝いていた。

きっと異動しても、いや、何年経《た》とうとも、ここでグラスを通して眺めた景色は、いつまでも心の奥に残るのだろう。そして、行き詰るたびに思い出すはずだ。
ここで、私は生まれ変わることができたのだと。

エピローグ

元日は全員お休みをもらった。

二日から一週間の予定で、営業を終えた渋谷店の片付けをすることになっている。

結局、大晦日《おおみそか》の夜は洗い物が終わった後も仲間と離れがたくて、バーカウンターの椅子《いす》やエントランスのソファに座っていつまでも語っていた。

「アイガーの北壁」に座っていた当麻さんが、「朝になったらみんなで明治神宮に初詣《はつもうで》しようぜ」と提案したが、さすがに混雑する場所に足を運ぶ元気は他のスタッフになく、「当麻はヤンチャだな」と牧田料理長に笑われた。

大晦日は終夜運転の鉄道もある。私たちは最後に盛大に笑ったのをきっかけに店を出た。

もう、天間支配人や先輩たちと、この場所でお客様をお迎えすることはない。

頭では分かっていても、簡単に受け入れられることではなかった。

早朝に帰宅し、夕方まで眠った私は、目が覚めてもしばらく布団から出られなかった。

体の疲れよりも、心がからっぽだった。

両親の葬儀を終え、東京に戻ってきた直後も確かこんな気持ちだった。

昨日まではあんなに充実していたのが嘘《うそ》のようだ。

お客様や先輩たちに囲まれて、夢中で働くことが楽しくて仕方がなかった。

今朝、みんなと手を振って別れるまで、よし、次のお店でも頑張ろうと、あんなにやる気に溢《あふ》れていたのに、たった数時間ですっかり正反対の気持ちになっている。

悲しんだり、喜んだり、絶望したり、また頑張れると思ったり。

なんて心は忙しいのだろう。

でも、それが生きているということなのだ。それを、この九か月で教えられた気がした。

渋谷店での楽しさの余韻が、今も心に残っている。

仕事は楽しまないと意味がない。

天間支配人に教えられたとおり、今はからっぽになってしまった心を、また新しい場所で満たしていけばいい。

突然、お腹《なか》が大きく鳴った。心だけでなく、お腹もからっぽだったようだ。

情けないけれど、笑いも込み上げた。

布団を抜け出した私は、台所の寒さに身をすくませながら、電気ポットに水を入れた。

ガス台の下の扉を開けて、買い置いていたカップ麺《めん》を取り出す。

椅子に座ってお湯が沸くのを待っていると、四畳半から颯馬が出てきた。

「いたんだ。静かだったから、出かけているのかと思った」

「寝てた。正月から、行く所もないし」

颯馬の髪は寝ぐせだらけだ。

「姉弟《きょうだい》そろって寝正月かぁ」

思わず笑うと、颯馬が正面の椅子に座った。珍しいことだ。

「……昨日はありがとう。すげぇ、良かった。店の雰囲気もいいし、一生懸命な姉ちゃんを見て、何か、ちょっと感動した……」

私は驚いて颯馬の顔をまじまじと見つめた。

「聞いたよ、おばさんにオムライスの話」

ふと思い出して言うと、颯馬が頷《うなず》く。

「マジでうまかった。久しぶりに食べたせいもあるけど、子供の頃《ころ》、あんなに喜んで食べていたオムライスは何だったのかなって」

「あれが、うちのオムライスでしょう？」

「うん、まぁ、そうだ」

「お母さんもさ、私たちを喜ばせようと頑張ってくれたんだよ。今、それがよく分かる。お客様に喜んでもらいたくて、私も先輩も一生懸命だった。お給料のためとか、仕事だからとか、それを通り越して頑張った」

颯馬はじっと私を見ていた。

「そりゃ、子供の時は両親にほったらかしにされて寂しかったけど、やっぱりお父さんもお母さんも、お客さんの相手が楽しかったんだと思う。そして、家庭と仕事とのあいまいな部分で、悩んだこともあったと思う」

罪滅ぼしのように、母はあのオムライスを作ってくれた。

なかなか構ってやれない子供のために、シーチキンのケチャップライスを作り、卵をかぶせる。定番の洋食メニューも、母にとっては手間のかかる大仕事だった。

「そういえば、何か決心したんでしょう？　聞かせてよ」

颯馬は勢いよく顔を上げた。

「俺《おれ》、一度帰ってくる。こっちで就職するって、雄二おじさんに話して、父さんと母さんにも報告してくる」

「そうか。やっと帰省する決心がついたか」

この先の進路、おじさんとの関係、両親の死を受け入れていくこと。

颯馬は両親がいなくなってからのおよそ一年半の間に、いったい、いくつの決心をしたのだろうか。

覚悟と言い換えれば絶対のように思えるが、これからも続く長い人生の中で、また迷い、違う道を選ぶこともあるだろう。天間支配人のように。

そう真面目《まじめ》に考えすぎなくてもいいよ、と言おうとして、やっぱりやめた。颯馬が悩みに悩んだ末に、ようやく決心したことなのだ。

「颯馬に会えることが、お父さんとお母さんにとって、一番嬉《うれ》しいと思うよ。だって、やっぱりあそこは私たちの実家だもの」

「そう思っていいのかな」

「当たり前じゃん。私も、最初は悩んだけど、雄二おじさんに会ったら、そんな気持ち、どこか行っちゃったよ」

「ならいいけど」

「雄二おじさんと温泉でも浸《つ》かってきなよ。小さい時、おじさんにくっついて、よく一緒に入っていたじゃない。この季節の露天風呂《ろてんぶろ》なんて最高だよ。寒いけど」

「俺も、ちょっとそれ考えた。昔から、おじさんとよく男同士の話、してたんだ」

厨房《ちゅうぼう》にこもり続ける父よりも、確かに颯馬は叔父に懐いていた。

「だってさ、昨日のレストランの雰囲気、なんか夜の温泉を思い出させるんだよ。独特の、ムードある感じ」

冬休みが終わる前に帰ってこようかなと、颯馬が沸騰《ふっとう》した電気ポットが吐き出すやわらかな湯気の向こうで、うっとりと、夢見るように笑った。

本書はハルキ文庫の書き下ろし作品です。

Haruki Bunko
ハルキ文庫

な 22-1

明日《あした》の私《わたし》の見《み》つけ方《かた》

著者 長月天音《ながつきあまね》

2021年4月18日第一刷発行

発行者 角川春樹

発行所 株式会社角川春樹事務所
〒102-0074 東京都千代田区九段南2-1-30 イタリア文化会館

電話 03(3263)5247(編集)
03(3263)5881(営業)

印刷・製本 中央精版印刷株式会社

フォーマット・デザイン 芦澤泰偉
表紙イラストレーション 門坂 流

ISBN978-4-7584-4402-6 C0193 ©2021 Nagatsuki Amane Printed in Japan
http://www.kadokawaharuki.co.jp/[営業]
fanmail@kadokawaharuki.co.jp[編集] ご意見・ご感想をお寄せください。